田哥·永新

寻味永新

《寻味永新》编撰委员会

主　任：郑军平　古秋云

副主任：杨小成　范晓鸣　饶　星　龚　云　周家龙

编　委：贺江华　龙天然　刘晓翔　贺剑文

《寻味永新》编纂人员

主　编：龚　云

副主编：刘晓翔

统　稿：龙天然

撰　稿：董海涛　李作明　曾亮文　贺湘君　吴一为

编　务：陈莉君　胡佩涵　刘　坤

寻味永新

十大罗碗

中共永新县委员会 永新县人民政府 编

江西人民出版社

图书在版编目（CIP）数据

寻味永新：十大罗碗／中共永新县委员会，永新县人民政府编；郑军平，古秋云主编．－－南昌：江西人民出版社，2024.3
ISBN 978-7-210-15300-9

Ⅰ．①寻⋯ Ⅱ．①中⋯ ②永⋯ ③郑⋯ ④古⋯ Ⅲ．①散文集－中国－当代 Ⅳ．①I267

中国国家版本馆 CIP 数据核字（2024）第 031962 号

寻味永新：十大罗碗
XUN WEI YONGXIN: SHI DA LUOWAN
中共永新县委员会　永新县人民政府 编　　郑军平　古秋云 主编

| 策　　　划：黄心刚 |
| 责 任 编 辑：郭　锐 |
| 封 面 题 字：贺炜炜 |
| 装 帧 设 计：同异文化传媒 |

江西人民出版社 出版发行

| 地　　　址：江西省南昌市三经路 47 号附 1 号（330006） |
| 网　　　址：www.jxpph.com |
| 电 子 信 箱：jxpph@tom.com |
| 编辑部电话：0791-86893801 |
| 发行部电话：0791-86898801 |
| 承　印　厂：湖北金港彩印有限公司 |
| 经　　　销：各地新华书店 |

| 开　　本：880 毫米 × 1230 毫米　1/32 |
| 印　　张：7.5 |
| 字　　数：152 千字 |
| 版　　次：2024 年 3 月第 1 版 |
| 印　　次：2024 年 3 月第 1 次印刷 |
| 书　　号：ISBN 978-7-210-15300-9 |
| 定　　价：98.00 元 |
| 赣版权登字 -01-2024-117 |

版权所有　侵权必究
赣人版图书凡属印刷、装订错误，请随时与江西人民出版社联系调换。
服务电话：0791-86898820

序

"青春已不在,白发自然生。"

对于耄耋的我,突然感怀于杜牧的这句诗,是因为老家江西永新要编写一本关于地方美食的书——《寻味永新:十大罗碗》,嘱我作序。

这确实让我一下乡愁满怀……

对于永新,我是亲切的,也是很有感触很有感情的——因为我青春年少的岁月大都是在永新度过的。抗战胜利后,年幼的我随父母举迁永新。父母经营九州药店,我入学读书。1952年,17岁的我从永新中学高中毕业,考入北京地质学院,之后很多年没有回去过,直到2012年和2021年才先后两次回到永新。

永新,虽然不是我的出生地,但对我来说总有很浓的故乡情结,因为那里有我的发小、老师,以及邻居街坊。永新,是一个多年来让我梦萦魂牵的地方，东门浮桥、东华岭、南塔、义井、蜡棚巷、观音桥……一个个熟悉的名字，一处处久违的景致，都会时不时伴随明月清风入怀，春暖秋凉入梦。

永新是个很好的地方，也是一个很值得去了解的地方。去过的，定然会想再去看看；没去过的，最好能抽空去走走。东汉末年置县的永新，古称吴头楚尾，地处湘东赣西，文化的浸润，精神的传承，崇文重教的追求，习武健身的风气，养成了永新"忠勇信义"的地域风骨。永新，山清水秀，风光旖旎，明朝地理学家徐霞客曾游历其间，留下了两三千字的游记。永新，又是一块红色热土，土地革命时期，十余万人参军参战，一万多人踏上长征，走出了极富红色传奇的"贺氏三兄妹"（贺敏学、贺子珍、贺怡）和41位开国将军，成为全国著名的将军县。

永新，就像一部大书，让我穷尽一生去阅读；又像一部枕边物语，时常慰我入眠。"家在梦中何日到，春生江上几人还。"是的，对于永新，我是思念得多，回去得少。记得2007年10月22日，"嫦娥一号"升空前两天，我给当时已94岁高龄、我高中时代的恩师袁家瑞先生打了一个电话。我说："等'嫦娥一号'升空后，我一定会回来看您。"但一等就是五年，我才回去见到他——所幸，他那时还健在。还好，多少年来，我还能讲一口在旁人听来"佶屈聱牙"的永新话；尚没有忘了那一口独特风味的永新菜——"舌品天下，胃知乡愁"，"美食最乡思"啊！食物一直是思乡人的慰藉。

我虽没有西晋张季鹰"莼鲈之思"的文人性情，但也时常会有唐代白居易"久为京洛客，此味常不足"的内心感慨。直到现在，我何尝不想念母亲烧炒的永新小菜呢？还有那记忆中的家珍——在儿时看来是美食"奢侈品"的"南乡扣肉""永新狗肉""酱萝卜老鸭汤"呢？

俗语说得好，"人间烟火气，最抚凡人心"。永新结合当地文旅发展，推出《寻味永新：十大罗碗》这本书，以小品文的形式，接地气的笔调，融合了历史故事和文化，介绍了烹饪制作工艺，阐发了舌尖情感和人生感悟，生动地诠释了"美食是一种大众文化"。永新美食，已然融入了永新近两千年历史的厚重人文中，与时偕行，同源共流——兼吴楚风情，汇湘赣习俗，形成自身的特色，展现独有的魅力，也因之而世传"江西美食半庐陵，庐陵佳肴数永新"。书中提及的"十大罗碗"，就是永新传统喜宴的标签。以羹汤为主的做法和直观朴拙的叫法，也只在永新流传，可以说，其源也远，其流也长，既充满历史韵味，又颇能勾起回忆。虽然时下随着物质水平的提高，琳琅满目的喜宴菜品已经远远不只局限于"十大罗碗"了，但"十大罗碗"作为永新人称谓盛宴的代名词却历久弥新，成为永新美食文化的印记。也可看出，本书以"十大罗碗"作永新美食"代言"，亦是颇用了心的。

自古盛世修文，而今，文稿在手，我深深地感受到永新县委县政府贴近群众、贴近生活的为民情怀，也深深地体会到永新本土作家那份对家乡的深情和生活的热爱。这些"草根"文字,体现了最质朴最真实的感情,让读者口角噙香的同时,还能触摸到永新充满烟火气的那股温馨和真切。可以说,这本颇具"永新味"的小书,为永新的美食文化留存了一笔宝贵的财富。我想,单凭这点,《寻味永新:十大罗碗》就很有意义!

诚谢作文之邀,甚幸,是为序。

欧阳自远

(欧阳自远,中国科学院院士、发展中国家科学院院士、国际宇航科学院院士、中国月球探测工程首任首席科学家)

扫码看欧阳自远采访视频

目录

- 001　吃"十大罗碗"去
- 009　南乡扣肉系乡思
- 015　莳田粉蒸鹅
- 021　天龙山初尝肚包鸡
- 026　下酒硬菜卷盘黄鳝
- 032　冬闲时节"兑狗伙"
- 038　幸福感的瓤豆腐
- 043　文化味浓干蒸鸡
- 048　文化里的牛鞭菜品
- 053　辣椒炒鱼好味道
- 058　爆椒泥鳅真味道
- 062　黄鳝炒腊肉，人间好口福
- 067　春江水暖话"血鸭"
- 073　吉祥金贵"子包肉"
- 079　最忆是狗肉
- 084　充满生命力的金钱蛋
- 090　"过期"的猪脚炖黄豆
- 095　红红火火薯粉丝
- 099　青椒萝卜干
- 104　冬笋炒腊肉

109	头牌酱萝卜老鸭汤
115	栗子豆腐
121	豆子萝卜求学路
126	"豆腐还是好吃的"
132	农家餐桌上的芋头
138	佐餐妙品：盐菜泥鳅汤
143	火煨青椒滋味长
147	那些酱制的时光
152	永新山珍"石耳"
157	乡愁米豆腐
162	大浒捡"石花"
166	芳香的玉兰片
172	一鼎春色艾米果
176	一块霉豆腐的百味人生
180	"富汁"在流
184	豆和米的一场艳遇
189	花生饼里见变迁
196	消暑解渴"恰"凉粉
201	一碗冬酒醉江南
207	山里人的醋姜
212	旧时碗茶兰花根
218	烹牛熟熬牛膏
223	三湾老酒

吃"十大罗碗"去

"吃'十大罗碗去'"是永新南乡一带赴婚庆喜宴的形象说法。

随着村里一阵"镗、镗、镗……"的锣声和"凡客请坐"的大嗓门吆喝,各家各户吃酒席的人都纷纷步履匆匆赶往祠堂,彼此招呼着一一落座。不一会儿,一张张八仙桌边就坐满了客人,趁着上菜前的闲暇,大伙聊着感兴趣的话题,喜宴的气氛顿时浓烈起来。

后厨这时更是一番忙碌而热闹的景象。

双孔大灶柴火噼啪作响,两口大锅热气腾腾。掌勺大厨如久经沙场的将军,手执马勺,眼神坚定而自信地盯着锅中,观察火候,做最后的调味。

一个个规格统一的大鼎罐沿墙一溜排开,坐在炭火炉子上,持续不断向外发散着混合了蒜、葱、姜、辣椒等各种调味料香味的气息。每个鼎罐里装着一道已熟的大菜,只等装碗上桌!

在一个用砖头临时垒起的土灶上,搁着一个大木甑。此时灶内猛火已熄，炽烈的余烬仍闪着红红火光。锅盖上又蒙着一层油布的甑口不断喷着阵阵浓郁的油香：这里面层层叠叠垒着的是酒席的头号大菜——扣肉！扣肉上头还有一个脸盆装着大块的、同扣肉皮子一样用酒酿酥得黑红黑红的猪蹄膀。经过七八个小时的猛火焖蒸，此时都已至烂熟，以致锅内的水都变成了红红的油汤。

帮厨的男人们此时手头暂时闲下来，抽着主人家敬上的香烟，享受一阵紧张前的悠闲，还不时与穿梭不息摆碗筷、抬饭甑的女人们调侃打趣几句。

"舅舅到了。安席啦！可以安席啦！"随着宴席总提调人的一声高喊，一阵高亢而欢快的唢呐声传入后厨。掌勺大厨如同将军得到进攻的号令，立即朝门口待命的男人们下达指令："出菜！"

于是，男人们迅速按已分好的工忙碌起来：拿碗、打菜、出菜，各司其职。只见一只只青花罗碗摆上案板，一个个朱漆条盘操在手上。

首先揭开的是装着"金花蹄"的大鼎罐。同时把搁在扣肉甑中的那盆蹄膀端到一旁。大铁勺在鼎罐中熟练地一搅一挖，再朝青花罗碗一扣，一碗油汪汪的猪肉条子冒着热气与香味扑面而来，旁边一人再加上一段红油酥软、皮皱肉烂的带骨蹄膀，撒上翠绿的葱花。一道令人馋涎欲滴的大菜"金花蹄"立即被一阵风似的传送到期盼已久的食客面前！立即便被一双双兔起鹘落的筷子夹得只剩一汪浅浅的油水。吃罢，一位食客咂嘴连连称赞："好吃！南乡的十大罗碗真的名不虚传!"

"这道金花蹄,只有南乡人会做。取猪耳朵、猪面肉和五花肉油酥后切长条脍炒煮透,配上带皮带骨的蹄膀,吃起来解馋过瘾。真不愧是十大罗碗的招牌菜呀!"另一位食客的妙评赢得同桌人的一致首肯。

南乡扣肉

接着上来的是"煎豆腐"。主人家自种的黄豆，帮厨人现磨的豆腐，打成长条，用自产的菜油煎得金黄，什么配料也不用，煮得软粑粑的，在上面加上一小勺带蒜丝的肉丝就成！

在享用了第一道"金花蹄"后，再用这软粑粑热乎乎的煎豆腐去去油腻，真是再好不过。几筷子下肚，浑身舒畅。

吃罢"煎豆腐"，有经验的食客又拈起瓷调羹在手，因为他知道下一道登场的菜是："鱼汤"。

果然"鱼汤"马上就来了。一碗看似无味的清汤，下面沉着几块斩成骨牌状小小的鱼肉和金黄的姜片，上面浮着星星点点的辣椒末和葱花。一勺入嘴，鲜甜无比；辛辣清香，满溢口腹。

须知这鱼是主人家养了多年的大草鱼，凌晨干的塘，新鲜得不能再新鲜。这更是检验厨艺的一道菜。大厨烹调时格外用心，对鱼块的形状、调味料的分量、汤水的比例都严格把控，这才使得这碗貌不惊人却鲜甜开胃"鱼汤"老少咸宜，人人爱吃。

有人曾打趣南乡人的酒席是"变着花样吃猪！"

确实！南乡人的"十大罗碗"有一半以猪肉为原料。肥的"撮"扣肉、做"金花蹄"，瘦的剁"肉圆"、切"精肉丝"，内脏做"肚肺汤"。其他几道中，也有以猪肉为配料的，如"福子"中有肉末，"煎豆腐""西粉"上面盖肉丝。

在"金花蹄""煎豆腐""鱼汤"之后，上扣肉之前，陆续上桌的是"精肉丝""牲（即红辣椒爆炒鹅或鸭块）""肚肺汤"

"西粉""肉圆"。这几道菜为扣肉的出台做铺垫,就如采茶戏中小姐公子亮相前总由一群丫环小厮先出场一样。

"精肉丝"爽口耐嚼,蒜香扑鼻,可为前面未多吃"金花蹄"的人补偿一下。

"牲"是"十大罗碗"唯一以辣为特色的下饭菜。鸭或鹅斩大块加红辣椒爆炒,讲究浓油赤酱,辣味十足。在九道汤水菜中一枝独秀,引人食欲大增。

"肚肺汤"是用猪大肠、猪肚、猪肺切段(片)煮汤。这些猪下水处理得再干净,即使加上葱姜,也难免会有一股气味,很多人受不了;但一桌上总有一两个人嗜之成癖,连肉带汤,呼噜呼噜,吃个干净。

"西粉"是"十大罗碗"中唯一一道需主人家掏钱去买的"舶来品"。这种粉丝是现代工艺制成,故以"西"称之,以区别于土法制作的薯粉和米粉。外形精致细长,晶莹剔透。大厨喜用"西粉",可能是因它久煮不糊不断,又能饱吸肉汁,吃起来滋味绵长。酒过三巡后,有人尚觉得汤汤水水让他们的肠胃还意犹未尽,于是再来上几筷子软滑脆弹的粉丝,这才感到通体舒泰。

"肉圆"的制作,得精选上好瘦肉,不带肥的和筋膜,先切肉片再快刀斩成肉末,团成丸状,讲究个个一样大,不歪不裂,下锅不散,出锅紧致圆润,才能博得食客的好评。胃口好的人一口一个,嚼得满口生香。

牲

  酒席的点睛之笔，当然非扣肉莫属。扣肉一上，就表示酒席到达高潮。扣肉的做法从选料、水煮、抹酒酿、过油炸，到剁"二底"、拌料，再到切、拼、压，最后上甑猛火长时焖蒸；这一系列

工序之繁琐，自不必说。就是上扣肉之时的礼仪也大有讲究。

将上扣肉之时，后厨派人通知总提调人，席上即鸣炮奏乐，唢呐再起。

扣肉从大甑中取出时是"二底"朝上，得用另一只罗碗合住翻个身，把"皮子"朝上，油润红亮又饱满耐看的一碗扣肉才成型。挑最漂亮的一个送到"一席"上，以示对娘舅的尊重。

扣肉一摆上桌，新郎即由族长领着向各桌宾客敬酒。大厨也到"上席"致意，并察看罗碗中的菜吃得怎么样，以判断今天厨艺的成败。见到碗见了底的，马上吩咐上菜人再添过来。"上席"的贵宾则起立向大厨道乏，新郎敬上香烟连声道谢。如此则主宾尽欢。

最后上桌的"福子"是解腻化油的。"福子"浓稠清甜，由芡粉、金针、蛋花、肉末、橘饼碎、花生米碎等近十种原料熬煮而成，加上白糖，大受老人小孩欢迎。

吃过甜甜的"福子"，大家这才打着饱嗝，心满意足下了桌，结束了这场期盼已久

肉圆

的"十大罗碗"盛宴!

后厨这边,大厨还要一一检查那一排鼎罐,念叨着:金花蹄、煎豆腐、鱼汤、精肉丝、牲、西粉、肚肺汤、肉圆、扣肉、福子。好,菜全部上齐了。再点一下大木甑中剩下的扣肉,这是主人家交代过要留着"打发客"的。刚好那边下席的鞭炮响了,主妇急忙赶来,拿着几张洗过的干荷叶,包了几个扣肉,用粽叶扎了提着,守在祠堂门口,等娘家兄弟、老舅等一干亲戚走出祠堂,便上前把扣肉送到他们手中,口中说:"本当要上门来打发,年下事多,扣肉请先带回去,等忙过这一阵,我们再来问安!"

客人们客套几句,便欣然收下。试想,如果坐了一回席,没提一个扣肉回去,那是多么没面子的事呀!

在一阵送客的鞭炮声中,热闹的婚宴落下帷幕。

随着物质生活的日益丰富,如今的南乡人喜酒席上的菜肴更加丰盛了,远不止上述的"十大罗碗"。但"十大罗碗"之名,已由南乡传遍全县,成为丰盛宴席的代名词,成为永新美食的一块闪亮的金字招牌。不少饭店餐馆纷纷推出"十大罗碗"菜品,以其独特的口味受到食客的青睐。

南乡扣肉系乡思

南乡人做扣肉,有一个专有名词,叫"撮扣肉","撮"读"刺最切",是用力按压的意思。这个词不要说外乡人不懂,我从小听惯的,也很长时间不明白,"撮",是一种怎样的手法?

父亲为本家办喜事帮厨,不知道"撮"过多少次扣肉,每每听他讲起其中的过程,我就大吞口水。

待到去吃喜酒时,那一碗酥红透亮、油香四溢、热气蒸腾的扣肉端上桌,我在同桌人一片"来,趁热吃扣肉!"的呼喊中,挟起一瓣厚实油润的"扣肉皮子",两三口吃光,让它在口内停留片刻,随即刺溜一下下了肚,留下齿唇间那一股奇异的芳香久久萦绕。之后,我就会对扣肉的做法心驰神往,却又百思不得其解:"白花花的猪肉经过一些什么样的手法,就能变成这么一碗圆溜溜、红彤彤的扣肉?白的皮怎么变成红的?那些尖三角形的'皮子'是怎么切出来的?它们为什么能在一个碗里挨得这么紧而不散开?八条皮子

干盐菜

又刚好组成一个半球形?最奇的是皮子底下的碎肉骨头盐菜是怎么放进去的?又为什么还有一片南瓜叶子?做什么用?"

带着满肚子这样的疑问,我吃一回想一回。长大后,终于迎来了解开秘密的时刻!

我家新房落成,办了一次"进桌"宴。那一天,我特意钻到厨房去给"动事"的本家们敬烟,却意在看他们怎么"撮"扣肉。

我看见大厨水开伯伯正指挥水生哥一群人把生猪肉切成五寸见方的肉块,用刀刮剃干净,放入一锅滚水中煮。煮至三四成熟,捞出,搁入大酒盆中沥干水分,冷却。

然后就往肉皮上涂抹陈年酒酿。那几大瓶酒酿是父亲几年前存下的,已变成琥珀色,晶莹透亮,倒入脸盆中,整个厨房异香扑鼻。

抹足了酒酿的肉块堆放在另一个大酒盆中,搁在灶头。水开伯

准备食材

  伯早已烧开了一大锅油,用一把长柄双钩铁家伙,往酒盆中抓取肉块,浸入滚油锅中。只见油锅内霎时鱼眼密布,吱吱脆响。肉块遭遇油火的煎熬,随着滚油的沸动,不停翻腾,一股酒肉焦香迅速溢出。水开伯伯宛如一位百战老将,手挥铁钩,指挥若定。边与旁人闲话,边把锅中火候已到的肉块抓取出锅,那份淡定从容,那份老到经验,令我肃然起敬。

  他告诉我,肉皮的颜色取决于酒酿的好坏。酒酿优劣,以"力"之大小衡量。抹了好酒酿即有"力"的酒酿的肉块,进油锅一次出色,酥红透亮,色泽均匀。如果酒酿"力"差,则要反复涂抹两三次,回锅再炸才有颜色,遇到这样的情况,费神费时不说,而且这样炸过的肉皮子呈黑红,又老又皱,端上桌客人要说闲话的。

  这个过程,叫"酥皮子"。

  "酥"好的皮子,还是方块,它又是怎么变成尖三角形状呢?

腌猪肉

又是怎么变成碗中的一个半球形呢?

童年的疑问让我的眼睛紧随水生哥他们。只见他们把一大盆酥好的肉块挪到一块洗刷得干干净净的案板上,一人一把刀,肉块抓在手,斜一刀下去,一条尖三角形"皮子"就出来了,再顺过来斜切,如此往复,尖三角形的"皮子"就堆成了小山。

水生哥一看酒盆和案板,喊一声:"皮子够了,开始'撮'了!"

早有人在案板上摆开蓝边刀字扣肉碗,众人拈碗在前,在堆成小山的"皮子"堆里挑选切得最均匀的,皮里膘外码放在碗中,一圈码完,严丝合缝的一个倒扣的半球。

那边水开伯伯已把掺入了盐菜笋干辣椒粉的碎肉骨头"二底"炒制半熟,也用酒盆装了。众人挪过来,抓取"二底"往倒扣的半球里填,边填边挤压,直至冒尖如富士山。最后,女人把趁霜摘下的凤菜叶子洗净晾干,裁成碗口大小一片,覆盖在"富士山"上。

菜叶子生时美化扣肉，红绿相映；熟时汲透油汁，鲜美异常。

原来这就是"撮"扣肉！

七八十碗扣肉在众人半天的努力下，齐刷刷地排列在案板上。看上去就无比养眼！

接下来，就是蒸。

一个特制的大木甑，父亲早就洗刷干净，同时还洗干净了一个团箕、一块大雨布、一块大纱布；又准备了一大堆树根硬柴，此刻一并堆在厨房边上；一口加了一半水的大铁锅，稳稳地搁在临时

南乡扣肉

用砖砌成的土灶上。大甑得由两个人抬才放得到锅里。接着,刚才"撮"扣肉的一群人又排成一字形,连接着案板与大甑,案板上的扣肉一碗一碗在人手中传递着,一支烟的工夫即堆叠在大甑中,满满当当。

凌晨,出于好奇和兴奋,我自告奋勇提出和父亲一起去蒸扣肉。我负责烧火,看火候是父亲的事。他隔一阵用手电筒照一下锅里的水,或把手搁在团箕上试一试温度。这就是他几十年帮人家"动事""撮"扣肉实践经验的具体运用,他做事一贯负责,何况这次是自家的"进桌"宴,更得拿出双倍的精神,确保正席上的扣肉达到最好水平,获得客人最佳点评。

家乡的扣肉还有个专用名字——南瓜扣肉。想想真形象,八瓣七棱,圆滚滚的,不就像个小南瓜!

成年以后,我代替父亲承担了去本家喜宴"动事"的责任。我最喜欢跟着水生哥他们"撮"扣肉,一回生二回熟,如今也能在外乡客面前说上个子丑寅卯。有时兴起,勾起馋虫,也在家里因陋就简地"撮"个扣肉打打牙祭,更多的是怀念家乡那种温馨和谐的邻里亲情。

扫码看视频

莳田粉蒸鹅

在没有推广抛秧技术，也无插秧机的年代，立夏前后的春耕大莳田是仅次于农历六月"双抢"的热闹场景。邻居、亲戚间互相帮工又是这种热闹场景中一曲欢快的旋律。

每到这个时候，各家总有那么两三天，少则三五个、多则七八个亲友邻居赶来帮工。与平常的走亲访友串门不同，没有客套礼数，没有闲话家常，客人自带工具（如担箕、斗笠、格子绳之类），一到就投入紧张的劳动中。他们分工明确，耙田、撒肥、扯秧、挑秧、插秧，在水平如镜、白鹭起落的田畴间掀起一阵阵欢快的声浪，说笑声中，一大丘水田一个上午就完工了。这样莳田，又快又不觉得累。

当然，这几天，做主人的在待客食肴上应拿出最好的货色，以示诚心对帮工客人友情和辛苦的犒劳。

粉蒸鹅，往往是殷实农家在这时节隆重登场的一道"硬菜"。

到说好了帮工来的日期的前一天，当家人就会提醒主妇："抽

炒米

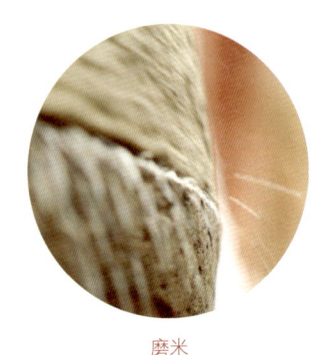

磨米

空磨升米粉吧。"

主妇听懂了当家人的意思,就量出一升早禾米,在铁锅里慢火翻炒。炒米得用竹筅帚去翻,竹筅帚的丝丝青篾条擦着米在铁锅上转,发出沙沙的声音。待米炒至转黄,熄火盖上锅盖,让铁锅的余温慢慢把米烘焙至熟脆。主妇又把屋角的小石磨用清水洗净,晾干;把那锅中早禾米用木盆盛了,一把木勺舀着,一勺一勺喂进小石磨的嘴,慢悠悠地拐动磨扇——那细雪样的米粉就纷纷扬扬洒落磨下的团箕中。一顿饭工夫,米粉磨成。

第二天天不亮,鸡坶中的家禽还在瞌睡着呢,一只粗壮有力的大手就伸进来,准确无误地抓住一只大白鹅的长颈拎出鸡坶。

放血、烫毛、拔毛,在当家人一阵麻利的动作后,大白鹅露出了肥美厚实的胴体。

主妇从灰屋（永新人称杂屋为灰屋）中抱来一把早禾稿。当家人把鹅的光身子架在耙田的钉耙那一排铁齿上，耙下燃起早禾稿。轻烟火舌漫卷着鹅的光身子，令鹅的皮肉转黄、绷紧；转个身再烧，直到周身烧遍，色泽焦黄均匀方可；再拿到井边，用清冽的井水洗净，开膛剖肚，处理内脏。随后，拿回厨房，剁成两指见方的肉块，撒入细盐拌匀，用筷子夹住，往装在瓦钵里的米粉中蘸，直到肉块周身裹上厚厚一层米粉，才放入洗净的瓷盆里。一只鹅，十多斤，裹上米粉就更见分量，装了满满一瓷盆。沿盆周边淋入清水，即可入锅蒸。锅盖与铁锅的缝隙用纱布塞住。灶下用一块含油熬火的松树蔸，大火烧半点钟。待树蔸烧成红炭，

烧鹅

撒米粉

裹米粉

在灶中继续发威，主人就大可放心挑上担箕，与陆续赶到的帮工亲友一起去莳田。

看看日头当中，把田中剩余的秧插完，当家的就招呼大家上岸回家吃午饭。帮工的人总还要再用心插上几行，经主人几次三番催促后，才拔脚上岸，一路说说笑笑往主人家走。

早已到家的主妇已在一张八仙桌上摆好碗筷。酒壶中满灌着新开坛的桃花米酒，八盘八碗各种家常小炒，如鸡蛋豆腐、酸菜笋子、白芋头咸萝卜之类，摆满一桌，中间留下一处空地。洗净手脚的客人在主人热情招呼下纷纷落座。能喝的酒筛满碗，不能喝的把饭装上。主人回头向厨房吆喝一声："怎么？还不快把粉蒸鹅端上来？"

主妇就在灶间应一声："就来！就来！"

说话间，那个绘着喜鹊登枝图案的大瓷盆冒着热气被稳稳地搁到了八仙桌的中间。各人的鼻腔内立即为一股奇异的肉香充盈着。待水汽稍散，众人定睛看那瓷盆中，只见粉融肉酥，软烂而不失形状的大块鹅肉冒出扑鼻的香气。鹅肉蒸出的油让软糯的米粉还在扑嘟扑嘟冒着泡，看上去极为诱人。

主人举筷向客人招呼："来，大家动手！趁热！"

客人也不客气，筷子伸向瓷盆，搛住一大块就往嘴里塞，有时被热气烫了舌头，也不好意思声张，低头呷口酒或扒口饭，又去夹第二块。

几块鹅肉下肚,辘辘饥肠得到油水与肉味的滋补,一上午的劳累一扫而光,客人才让嘴稍作空闲,啧啧称赞这粉蒸鹅做得好。主人则不无骄傲地放下酒碗,煞有介事地把做这道菜的过程说一遍。

席上有客读过《红楼梦》,说起"胭脂鹅",大家都茫然。主人当然也没听说过,就说:"我们下力人,哪有时间弄什么胭脂鹅、水粉鹅。就这样粉蒸,又香又嫩,连红辣椒、生姜也省了。"他还有忍住没说的半句话是:"加上一升米粉,十斤鹅可蒸得出十二三斤来呢!"

粉蒸鹅

另一客说他去年也做过粉蒸鹅，吃上去粗粗沙沙的，不似桌上的那么细腻滑嫩，肉也不那么香。

主人就问他做的细节，当听对方说是用晚米磨粉，又漏了用早禾稿烧这一环节时，就用一种权威的神态说道："嘻！粉蒸鹅，没窍！关键要用早禾米磨粉，早禾稿烧皮。早禾米粉才细滑，鹅肉本身带粗，配上细滑的早禾米粉就不粗了。用晚稻米粉，粗对粗，就不好吃了。还有，褪毛后用早禾稿烧了的鹅肉比没烧的鹅更香。因为早禾稿自带香味，烧的过程中那香味会渗入鹅肉中，除腥提味。大家想想是不是这个道理！"

客人们纷纷点头。停了一阵的筷子又不停向瓷盆中探去，闲话一阵的嘴巴又开始被酥烂的鹅肉充满着。

那位读过《红楼梦》的客人酒意半酣，高兴地指着梁间一对呢喃絮语的燕子，说："好兆头！乳燕来巢，主家当发！"偏偏屋外池塘边柳树上一只喜鹊也凑热闹似的叽叽喳喳叫个不停。那人更兴奋地端起酒碗朝主人举了举，朗声说："好！老庚，梁间燕，柳上鹊，喜上加喜。今天吃了粉蒸鹅，祝老庚家今年早禾一坨坨！"

在众人一片附和声中，主人、主妇幸福地笑了。

扫码看视频

天龙山初尝肚包鸡

随着人们生活水平的日益提高,物质享受更为丰富。食不厌精,脍不厌细,也是口腹之欲的一种正当需求。很多创新菜品,也就应运而生。

中国烹饪之法,博大精深。煎炒煮炸,蒸馏炰烹,焖烤脍卤,无所不备,没有做不到,只有想不到。但"包"的做法,少见于历代食单记载。而在民间,"包"的做法却很普遍,除了包饺子、包馄饨之外,在我们永新,还有"蛋包肉""猪肚包狗""猪肚包鸡"等等。

南宋诗人陆放翁《游山西村》诗云:"莫笑农家腊酒浑,丰年留客足鸡豚。"可见鸡和猪肉是历史悠久的待客肴馔。为什么诗人把鸡、豚并列?我想这是有原因的。在"家有余粮鸡犬饱,户多诗书子孙贤"的传统农耕时代,人们衣食以自给自足为主,种粮种菜,除了保证人的一日三餐,还得饲养家禽家畜,鸡与猪则是家禽家畜中最常见的。因为鸡可放养,山林草地,田间溪畔,有青草有虫豸,随处啄食，自然生长得野鸡一样，一振翅可以飞过一堵墙；猪则以圈养居多，喂以米糠、草料、潲水混合煮成的猪食，吃饱睡，睡醒吃，自然也长得膘实体壮，肥头大耳。待到来人来客，尤其是七大姑八大姨这样的贵客，总不能青韭充盘，藜藿作羹，最少得煎几个荷包蛋，隆重的就撒把米糠引回四处觅食的鸡群，趁其不备捞过一只，放血褪毛，斩块清蒸，捧上桌来，才算礼数周全。唐人孟浩然想必享受过这待遇，所以才无限留恋地写下"故人具鸡黍，邀我至田家"这样脍炙人口的诗句。杀猪则要等到腊月，谓之杀年猪。猪肉半卖半送亲友，剩下一部分用于熏腊肉。晚上还要把猪脑猪尾猪血猪肠之类拾掇拾掇，弄一餐"杀猪饭"，请四邻交好、本家叔伯坐几桌，共享一年辛苦所获。而猪肚与猪肝，被视为大补珍稀难得之物，独留给家中老人或至亲长辈享用。

民间以鸡和猪肉为原料，花样翻新、别出心裁做出来的菜品数不胜数。但把鸡和猪肚这两种名贵菜弄成一道菜，可谓是蜜里调糖、锦上添花之举。

我第一次吃猪肚包鸡这道菜，是在北乡天龙山中一户农家。二十多年前，因为工作原因，我们一行五人进驻原莲塘乡的天龙山。那里是山的王国，崇山峻岭，浅岗低阜，连绵不绝。居民多分散于各座山头，远看近在咫尺，走起来要半天才到。因为每天要走村入户搞调查，一住就是一个星期。这段难忘的山里做客时光，让我着实领教了山里人待客的热情。进山的第一天第一餐饭，主人问

猪肚包鸡

我们大概待几天，当得知七天左右时，他就邀了各个山头十来个村民前来作陪，主客坐了满满两桌。从次日起，每天除早餐在主人家吃，中晚两餐轮流由第一餐作陪的人做东。山里人的真诚、热情、豪爽在酒桌上表现得淋漓尽致。每家都把珍藏最好的食物拿出来了。不用说山中自产的香菇、石耳、野兔、野鸡，也不用说巴掌大一块的肥腊肉、熏制多年的老火腿，就单说劝酒布菜的热情，就令人终生难忘。某一天，在一位长相憨厚、不善言辞的老者家，酒过三巡，他家儿媳妇捧上一个粗陶黑釉的大瓦罐来，稳稳地搁到桌中间。老者揭开罐盖，屋里顿时为一股奇异馥郁的香味充溢。待水汽散尽，细看罐内，却是一坨圆润灰白整体之物，为半罐盈盈浓汤包裹着。老者拱着手，略带羞赧之色，朝我们连连说："贵客临门，

鸡肉放入猪肚

用线缝住猪肚

无有好食相待。叫儿媳弄了个肚包鸡，各位尝尝。"说完，一旁儿媳递过一把剪刀来，老者接过，起立拱手，问客人："哪位年长？请接剪刀开包。"大家兴奋起来，齐推我接剪。恭敬不如从命，我接过剪刀，动了第一剪，把那圆鼓鼓的猪肚划出了一个豁口，里面露出嫩黄肥腴的大块鸡肉。老者说声"好"。侍立一旁的少妇就接过我手中的剪刀，并把瓦罐端离桌子。老者端起酒碗环揖一周，口内连声说"请酒、请酒！稍候、稍候！"众人饮过一杯酒。那少妇即为客人一一捧上一个小碗，碗内满盛猪肚鸡块，略带点汤。老者又举箸向众人连声说"请"。我啜一口那汤，鲜美无比；吃一块猪肚，软嫩可口；咬一口鸡肉，甘甜回味。抬头看同行诸君，一个个低头猛吃。好一阵桌上只听见吮汤嚼肉的声音。我把碗中汤肉收拾干净，从舌头到肠胃，有说不出的舒适。其他人的感受可能也差不多，有几位脸上露出了十分满足的笑容。

　　饭后，大家没有急着告辞，而是纷纷向那老者打听那道猪肚包鸡的做法。

"猪肚包鸡"听上去很复杂，做起来并不难。猪肚一个，剔净猪油，翻过来，用食用碱搓洗三遍以上除净污秽，剔尽筋膜备用。本地农家鸡三四斤左右，宰杀煺毛，洗剖干净，斩块，下锅翻炒，可加入干香菇、红枣等。炒至出香，盛入干净大盆中，手抓鸡块塞入猪肚内，填塞压实，以牙签封口，加入开水没至猪肚一半，蒸一个小时左右即可。

我后来也心血来潮，买了猪肚和鸡，回忆那天龙山老者说的做法，做了一次肚包鸡，虽不如那一次的美味，却也浓香鲑醇，其味醺醺，颇得家人喜欢。

近年来，这道菜日渐普遍，已成为永新菜肴新贵，受到更多人的追捧。当然，就像鱼和羊肉的相配成为鲜美的组合，猪肚与鸡肉的融合也成为滋补的绝味，成为名贵中的名贵，高档中的高档。高朋满座，盛友如云的酒宴上，如果献上一道猪肚包鸡，定会让宾客眼前一亮，引来一片好评。

美食怡情能养性，人间至味是清欢。猪肚包鸡，见证了一个时代的发展，浓缩了民间饮食的精华。来永新做客的朋友，不可不尝！

扫码看视频

下酒硬菜卷盘黄鳝

很多人不喜欢吃黄鳝,觉得有一股腥味。永新人却视其为佳肴,因它一是鲜嫩,二是少刺。黄鳝洒血酒和卷盘黄鳝是永新的名菜。这两道菜取决于黄鳝的大小。粗壮的大黄鳝做成黄鳝洒血酒,细条的小黄鳝适合做卷盘黄鳝。

一般人认为,黄鳝整条食用容易腥腻,切丝切块显得口感柔润。杭帮菜中的五彩鳝丝,将切好划丝的黄鳝炒嫩白的春笋,搭配鲜亮的红椒和青椒,佐以火腿丝。笋最善吸纳,极宜搭配味道冲的菜,春笋丝炒鳝丝,可以冲其腥味,口感鲜美。但无论这道菜如何美轮美奂,与我永新佳肴卷盘黄鳝和黄鳝洒血酒来说,不在同一频道。

谁说黄鳝整条食用腥味重不好吃?永新人偏要用整条黄鳝搞出一道下酒硬菜。我相信每一个地道永新人,一提及"卷盘黄鳝"这道菜,顿时齿颊生津,口水直流。那个要命的好吃,霸气的喷香,可大干几碗米饭。

卷盘黄鳝要用小黄鳝。将小黄鳝放清水养几日，滴一滴色拉油，令其吐出肠中泥沙，去除浓烈的泥腥味，继而洗干净，旺火烧油，加入适量的盐，将小黄鳝整条投入锅里，然后迅速盖好锅盖，小黄鳝渐渐自然蜷缩，直至卷成一团，像一个小圆盘，菜名因此而得。待小黄鳝煎至半熟，用锅铲将其挨个反复煸炒，着力压扁，让油盐味慢慢渗入肉身，直至外焦里嫩，烹水酒去腥，不用一滴水，然后将干线椒、蒜子、生姜丝拌入翻炒五分钟，辣味和蒜末香一定要炝出来，这样更能把黄鳝的鲜味烘托到更高层次，味更鲜美。然后迅速将黄鳝出锅入盘，撒上葱花即可。卷盘黄鳝出锅的那一刻，其盛烈的香味扑鼻而来，勾魂摄魄，食欲大增。夹起一圈色泽诱人的盘黄鳝，一口一口，韧而酥脆，满嘴芳香，尾韵里带着一丝鱼

黄鳝

准备调料

鲜，一路落入胃囊，激荡最酣畅的味蕾。哪怕辣得一头汗，吸鼻子喏嘴巴，但整个人格外爽，真切地感受着胃的放开蠕动，犹如阳气上升、万木回春。

  永新山区的黄鳝鲜嫩味美。我的童年在农村度过，很小时就跟随父母下田干活，曾经对黄鳝的栖息地极为熟悉。黄鳝洞长约为体长的3倍，洞内弯曲交叉。每个洞穴一般有两个以上洞口。洞穴出口常在接近水面处，以便它将头伸出呼吸空气。没有经验的人，常常搞不清泥鳅穴出口和黄鳝穴出口。

  老家收割稻谷习惯将田里的水放干，便于堆放割倒的稻谷。割除一部分沉甸甸的稻秆，然后在这块空地上放置打谷机，这样可以一边割谷子一边打谷。稻子割倒，一块一块空地露出，这时候泥鳅黄鳝洞随处可见。在母亲的指导下，在好几年的身经百战经验下，我很会分辨它们的小洞穴。待稻子收割完毕,最喜欢做的事就是抠孔抓泥鳅和黄鳝。食指顺着小小的孔往里掏去,凭感觉一点一点撩开淤泥,直捣窝底。洞口大一点的有可能是黄鳝孔,小一点圆溜溜的是泥鳅孔。只要你有丰富的经验和十足的耐心,总有黄鳝在淤泥深处束手就擒。

  稻谷收割完毕,母亲很有法子,将茶麸水倒入田里,在田间垒许多高于水面的淤泥包。黄鳝们受不了茶麸水的刺激,纷纷从泥里钻出来,满田间蹦跳逃窜,最后都钻进地势稍高的淤泥包里去,它们以为安全的地方,实则是陷阱。我们顶着炎炎烈日,不顾汗水灼烧、晒得发红发黑的颈脖,挥舞着胳膊将淤泥包逐一剖开,泥鳅黄鳝"抱头鼠窜",但吸入茶麸水的它们,已经没有力气与我们斗智

卷盘黄鳝

斗勇，乖乖"束手就擒"，成为彼时美味的盘中餐。每次卷盘黄鳝上桌时，父亲和祖父都要就着煤油灯小啜几杯，这是爷儿俩最喜欢的下酒硬菜。咬一口喷香的盘黄鳝，抿一口小酒，一身疲惫就着酒菜香气缓慢卸下。

黄鳝在冬季会掘穴蜷居。惊蛰后气温回升，黄鳝开始活跃于淤泥表层。初夏时分，我会跟随母亲去"照火"。所谓照火，就是夜里一手打着手电筒或者提着一盏煤油灯，一手拿着火钳在田里找泥鳅、黄鳝。初夏时的黄鳝喜欢安静地贴着泥土游走。那时的农田乱七八糟的化肥用得少，野生黄鳝繁殖快。你只要足够谨慎，足够耐心，猎物很快就会落入视野。屏气慑息，眼明手快，夜间照火，总有收获。

春夏之交的夜里，田间水有些沁凉，赤脚下水，一股刺骨的寒意穿透脚心。待习惯水的温度，一种深沉而纤细的温润从脚底传来，像血液一样慢慢浸透全身。清新的禾苗气息和淡淡的泥腥味钻入鼻孔，仿佛所有的毛孔都自动扩张，恣意呼吸天地间最纯净的夜风，舒爽惬意。仰头看夜空，银白的月色毫无遮拦照射下来，落在水面，像鱼身上银币般脱落的鳞，漾过漆黑的泥土，沉潜在时光的流水里。不远处的屋面上，月色偃卧在瓦片上，随着时光慢慢残缺变老、沉墨陈旧的黑瓦，披沐着薄纱般的月辉，没有诗意的断章，隐隐透着几分古老的沁凉。关于捕捉野生黄鳝的记忆，留在了时光深处。

煎好的黄鳝卷

　　童年的味蕾拥有强大的记忆，它会严格按照四时节序逐渐苏醒，每至初夏，舌尖滚过对卷盘黄鳝的思渴。美食是乡愁载体之一，味蕾上的乡愁，一种绵延千里，散布在血脉之中的朴素情感，时不时顺着记忆的幽径丝丝缕缕勾引出来。

　　黄鳝不是高级餐厅里的海参鲍鱼，不是异域风味的牛排鹅肝，也不需要米其林厨师和名厨大师。卷盘黄鳝是永新家喻户晓的寻常菜，其香和辣入口入胃，却自有一番爽利和风骨，胜过山珍海味，让每一个出门在外的游子魂牵梦萦。

扫码看视频

冬闲时节"兑狗伙"

在永新农村,春种夏忙秋又收,到冬天闲下来了的村里人,对饮食也有了小小的奢侈欲求。于是待到下雨天,女人们打米果焖糯饭解馋,男人们听着酒坛中新酿米酒滋滋叫的响声,就会按捺不住的冲动,隔墙喊一嗓子:"没事来兑狗伙喽!"

于是三三两两走来几个汉子。说干就干,早有手快的人到村里人家把一条二三十斤重的"狗条子"拖来。

众人一齐动手,把处理好的狗搁入铁锅冷水中,慢火烧热。惯使斧头镰刀的粗壮大手这阵又颇为灵巧地把狗的毛剥芋头似的褪得干干净净。另有人已在屋外空地搁张铁耙,点着了金黄的早禾稿,把光狗身子放在上面烧,直至周身皮色焦黄。两人抬至清水溪涧旁,开膛剖肚,剔肠去秽,洗净剁块。狗头、狗肚、狗肠丢入清水锅中,加盐烹煮约二十分钟,捞出晾凉细切成段或块,狗肉剁成骨牌见方大小。一餐饭工夫,一大盆皮黄肉红的肉块就备好了。

大火烧起来,铁锅开始冒烟。掌勺人把脸盆中的茶油徐徐注入

红烧狗肉

锅,片刻,入狗肚、狗肠、狗肝之类翻炒。助手则在另一口锅内给狗肉"打麻水",即把生狗肉放入沸水中焯一下,以除血水与脏物。掌勺人把焯过水的狗肉倒入热油锅中,顿时爆出阵阵脆响,长把锅铲在那双粗壮有力的手掌中灵活翻动,如犍牛拉着快犁在田地中穿梭。翻炒一阵,盖上锅盖。腾出手来指导助手如何切干辣椒,如何碾胡椒。干辣椒与狗肉以一比十的分量搭配,即二十斤左右的狗肉,最少要加入一斤半至两斤的干辣椒。干辣椒要切成粗细两种,粗者提味,细者出色。粗的约成人一个指节长,细的要用刀铡成细末状,再先用些许油盐炒至出香备用。胡椒粒也要炒一炒,包在新纱布中用刀把擂成粉末,越细越好。

忙完这些，助手的工作即告一段落，也可去开桌打两梭骨牌，也可在灶下烧火。选择灶下烧火的人，多半是趁机学一学"炒狗师傅"的手艺。

炒狗肉的手艺，并没有白纸黑字的说明，师傅也不会像老师一样详细讲解。要学两招的人，只能眼观心解，把握要领。要领大致有四：一是炒的火候，二是煮的时间，三是放辣椒的技巧，四是倒血酒的量。当然，戏法人人会变，各有巧妙不同。炒狗肉也如同变戏法，各人有各人的经验，不管过程如何，最后要看出锅的时候，那狗肉的形、汤汁的色、气息的香。这些经过眼、鼻校验后，最后决定权在舌头：味道正与不正？这个环节叫"试菜"：咸淡、老嫩、香辣，这些决定一锅狗肉评价的标准全存于人的舌尖。别看会炒狗肉的师傅不多，可品尝起来人人都是专家。每到"试菜"时，再自信的炒狗师傅也不由得一阵紧张。眼巴巴看着一双筷子从锅中钳出一块狗肉填进一张奇刁无比的大嘴，牙巴骨挫动几下，停一阵，又嚼几下，在舌尖上再打几个转，才不

翻炒狗肉

情愿似的咽下肚，还要闭上眼睛，鼻孔轻轻地呼出一股气。此时，如果口里爆出一声"好"，炒狗师傅就如释重负，心如雀跃；如果听到的是一声不阴不阳的"嗯"，就说明这锅狗肉不尽如人意，心情大打折扣。

　　说话间，牌桌上的骨牌声声脆响，喊"断梭"的声音好几次传到灶房里，掌勺人也镇定从容，有条不紊地把握着每一道环节。香气可随白色水汽从锅盖缝中袅袅而起，已到了"狗肉滚三滚，神仙站不稳"的时候，粗的红辣椒的辣味已深深渗入狗肉中，就该撒入细辣椒出色了。细辣椒一入锅，紧接着倒血酒，血酒不能多也不能少，多了黏糊，少了不出味。倒血酒后猛火再煮三五分钟即改小火收汁。收汁十来分

准备食材

035

钟"下"盐。盐对狗肉的作用很微妙,绝不是简单的咸淡问题,否则就不会有"火到猪头烂,盐到狗肉熟"的谚语流传。胡椒粉是出锅前最后一招,除腥提味,必不可少,所以胡椒虽贵也要买。正所谓"吃得起狗,还舍不得这点胡椒?"

日近正午,村中炊烟四起。"兑狗伙"的人拉开了全村中饭的序幕。牌桌已散,灶头人头攒动,试菜的筷子榔杈样伸向锅中狗肉,在一片喊"好"声中,掌勺人开始按"成"数分狗肉,一"成"一扣碗,多的三碗,少的一碗。分好了的狗肉由各人端回家去,这是来"成"的用意所在,即让家里女人老人小孩也打一次牙祭开一次荤。分配后余下大半锅狗肉,汤多肉稀,把肉盛入大海碗端上桌去,汤留锅底煮芋头和豆腐。

狗肉大补,但扶强不扶弱,即身体好的吃了更好,有疾病的人吃了会恶化病情。所以能来"兑狗伙"的人都是身体扎实硬朗的,而且性格豪爽大方的居多。大家平日可能为田头放水、鸡鸭糟蹋田禾之类的事有过口角,但一坐到"兑狗伙"的台上,酒碗一端,筷子一举,矛盾瞬间化为乌有,又是互敬互帮的友好邻居了。

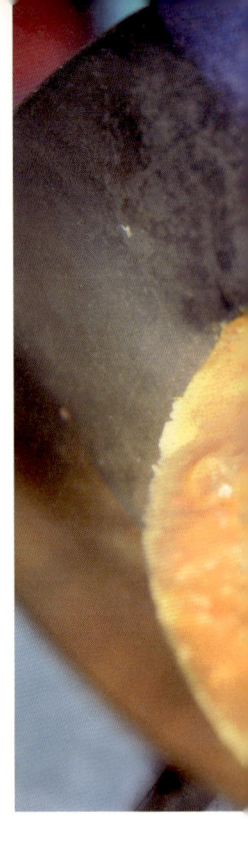

狗肉收汁

    冬天事闲日又短，桌上汉子个个放开肚量喝酒、吃狗肉，扯起嗓门划拳，"五魁八马哥俩好"，捉对厮杀，声震屋瓦。

    日暮天寒鸟雀稀，家家扶得醉人归。酒肉滋味，人之所欲。但一个庄稼汉，一生中又能有几次这般开心惬意的"兑狗伙"呢！

幸福感的瓢豆腐

在大中华东南西北五花八门的菜谱里，豆腐的做法层出不穷。袁枚的《随园食单》里列举了九种豆腐的做法；汪曾祺笔下的《豆腐》内容亦是极为丰富，北京的老豆腐、四川的豆花、湖南的水豆腐、干丝、百页、臭豆腐等等，无一不陈述，却都没有提到赣西的瓢豆腐。

瓢豆腐对于地处赣西的永新人来说，是逢年过节不可或缺的一道硬菜。旧时永新，瓢豆腐要在过大年的时候才会加工制作，用作正月待客郑重佳肴。客人来了，随时蒸煮一罗碗，方便得很，下饭又送酒。所以，每至年关，各个村庄的豆腐加工坊生意兴隆，紧张得很，家家户户都要定制大量的豆腐，为了赶在大年三十把瓢豆腐做好，乡人们会抢着定做油豆腐。油豆腐有大有小，小油豆腐可用来做红烧肉，大油豆腐则用来做瓢豆腐。

这个时候，母亲也会去豆腐坊排队订购油豆腐。那做豆腐的店家，实打实的，根据各户需求量挨家挨户做过来。急也没用，谁不要过年，瓤豆腐迟早要下锅的，心急吃不了热豆腐。可瓤豆腐作为春节一道待客佳肴，必须急呀。少了这道菜，好像这个年没法过似的。瓤豆腐不仅要做，而且要做很多。每次母亲打仗似的从豆腐坊带回一大篮饱满的油豆腐，一路上喜笑颜开，无比满足。

后来，外婆家开始卖豆腐，母亲再也不愁起早摸黑跟别人抢着订油豆腐了。小姨娘和姨父会把煎好的油豆腐送来家中，同时送来一些栗子豆腐让我们尝鲜。我母亲是抱养的。1960年，小姨娘出生了，饥寒交迫的天灾年，故取名"饿仔"。那时我母亲已经十二三岁了，外婆家一贫如洗，母亲被迫辍学带妹妹。外婆太瘦，缺乏营养，无法哺育婴儿。我的母亲天天抱着妹妹走东家求西家乳喂妹妹。外公外婆一年到头埋头耕种、烧炭、种西瓜，换取微薄口粮，熬过最艰难的岁月。在姨父做了上门女婿之后，劳动力得到了保

障,外公外婆在瓦屋的西墙过道搭建一间陋板房,里面放一大石磨和做豆腐的器具等,开始以卖豆腐谋生。

外婆每晚睡前将大量豆子置于大缸内浸水发胀,翌日早起挑满缸水,等待开工做豆腐。姨父能做繁重的体力活,撑起整个老弱病残一家人的生计。用石磨将豆子磨碎,滤去豆渣。山里人烧柴火,大火将锅里的豆浆烧沸,再将其倒入缸内,加入石膏水做成豆腐。待其冷却后,将豆浆表层凝结的皮子揭起,晾干的豆腐皮可做下酒菜。豆腐皮底下就是鲜嫩洁白的豆腐了。

天微亮,姨父会拉一板车豆腐四处兜售。一听见屋外响起熟悉的卖豆腐声,乡人们常会一手捏些散钱,一手端个碗,寻着那叫卖声去买几块热豆腐。"卖豆腐嘞——卖豆腐嘞——"那一声声拖长音调的叫卖声,在南方小山村的井巷间隐现,湿漉漉,灰蒙蒙,黑黝黝,透着时光亲切的温度和味道,沧桑和风味。

准备食材

岁月一笔一画刻着逝去尘殇，外婆家辛苦地经营豆腐作坊，日子一天天好起来。"还顾望旧乡，长路漫浩浩。"关于豆腐的记忆，于我而言，充满苍凉的温暖。忘不了外婆细脚伶仃的挑担和磨浆。每至年关，豆腐开始紧俏，姨父不用起早去卖豆腐了，这时候外婆家的豆腐坊热闹不凡，上门定做豆腐的乡人络绎不绝，一家人忙得人仰马翻。要知道，瓤豆腐对于永新人来说，是正月待客必备佳肴。谁家不要做它满满一篮子一钵盆！

做瓤豆腐不难，但讲究精细。猪肉要剁成肉泥，糯米馅的糯米要炒熟，加入适量盐、味精、老抽抓拌均匀成内馅。油豆腐撕开一个口子，口盖不能完全断开，待瓤入馅，盖要合拢盖住肉馅。食指放入油豆腐当中，沿着油豆腐内部转一圈，扫荡清除内部空间，让内瓤都紧贴豆腐皮，以便空间充分容纳更多的肉馅或糯米馅。

瓤豆腐馅有三种口味：其一，肉末馅；其二，肉末炒糯米掺和馅；其三，炒糯米馅。我最喜欢吃糯米馅瓤豆腐。糯米和油豆腐的香味互相渗透到各自的灵魂里，是提携，也是成全，不油腻，更香糯，充满岁月的幽香和满足。

我打小跟随母亲学做瓤豆腐。取一块煎好的油豆腐，先在顶部揭开一个小口子。揭口子是关键一步，口子大了，馅容易松散，瓤豆腐讲究个紧实味浓。口子小些好，但不可过小，否则馅难以塞入，费时费力。口子到底需要多大，活儿做多了，熟能生巧。用食指一点点将肉末或米粒等食材塞入油豆腐囊内的过程，需要足够的耐心和谨慎，急性子的人很难囊出饱满紧实好吃的瓢豆腐。胡乱塞一些内馅不够紧实的，煮熟后缺少嚼劲，口感不足味。又或者，戳破皮子"塌房"，甚至把豆皮戳得"千疮百孔"形神俱废的，大有人在。灌满后，一定要记得用拇指把原来没有撕断的豆皮口盖压紧，整个瓢豆腐雄厚饱满，硬朗圆润。

瓢豆腐，"腐"与"福""富"谐音，对于永新人来说，饱满圆润的瓢豆腐，象征着团圆、喜庆和阖家欢乐，寄托着美好向往，也蕴含着深厚的、生生不息的美食文化底蕴。瓢豆腐做好了，下锅煮一大盘，一会儿满室清香。小时候，守着铁锅等吃，迫不及待揭开锅盖，顾不了豆腐滚烫，小手指捻起一个瓢豆腐在手上，左右滑动用嘴快速吹凉。咬一口，那滋味在舌尖荡漾，鲜美无比。

豆腐的做法层出不穷，历代美食家们也不断有创意。但最好吃的豆腐，都留在所有人的家乡风味里。那些故里的小吃，街巷间的风味，是现代人紧张忙碌的生活中最难以忘怀的乡愁，也是最好的慰藉。童年时吃过的瓢豆腐总是格外香。一个瓢豆腐，在贫穷年代，胜过鲍鱼燕窝之味，令荒如枯井的肺腑充满幸福感，将童年远山长水送到眼前，满满当当的饱食感，是一种拙朴的幸福，历久弥新。

扫码看视频

文化味浓干蒸鸡

我一直认为,永新菜里的干蒸土鸡,是一道尊贵的菜肴。它的尊贵,在于价格的昂贵和制作的精细。

先从食材说起。干蒸土鸡以本地不喂饲料,专吃青菜、虫子之类的鸡(成年鸡多为两三斤)为唯一食材。土鸡的饲养成本高,导致价格贵,农家一般舍不得吃,常用它换些钱贴补家用。以前的永新人,只有在佳节或贵客的到来才会吃鸡。平日里,活泼可爱的鸡就在身边打转、嬉戏,可不敢打它的歪主意。鸡被宠坏,喜欢扑腾起来啄食小孩碗里的饭菜,跳跃到饭桌捡食残存的米饭。

孩提时,我特爱过中秋、春节。那时,很少学习、劳动,更多的期待在于一顿丰盛的饭食。一大早,母亲在院子里"咕咕"的呼唤,撒上一把金黄的稻谷,诱骗外出觅食的鸡进入"虎穴"。趁其低头啄食的瞬间,闪电般出手,抓住一只运气不佳的鸡。余下的鸡惊恐万分,大声鸣叫扑棱着散开,等母亲离去后又围拢起来啄食剩余的稻谷。

　　父亲承担宰杀的重任。这个过程他不许孩子观看，导致我为人父后才学会杀鸡。拔完毛，父亲端着脸盆来到门口的池塘边。岸边的青石板是天然的砧板，适合清理家禽家畜。早有邻居在此处忙碌，大家喜悦地交流，不外乎"今天吃啥菜""今年收成怎样"的话题。父亲把鸡剁成大块状，还特意预留两个大鸡腿给我和弟弟，把内脏清理好，回家后交给母亲。系着围腰的母亲用盐涂抹、揉搓着鸡块，使其入味，加入几片生姜，放入蒸锅。大火沸腾转中火，约莫一个半小时。火候与水蒸气的交汇，食盐和生姜的加入，让鸡肉

干蒸鸡

香气四溢，混合着袅袅炊烟，肆无忌惮地渗入人的五脏六腑，赤裸裸地诱惑着饥饿的肠胃。鞭炮声过后，一桌菜成为众人的焦点，而干蒸鸡，无疑是最耀眼的明星，引来筷子、调羹的频频光临。最后，鸡肉不见了，鸡汤不见了，剩下的是满屋的香气和一地的骨头。姐弟们争抢着盛鸡的碗，倒入井水，晃荡几下再仰起脖子一饮而尽，还咂巴咂巴嘴，一脸的得意与满足。在农村，鸡这种高端食材，往往只需最简单的烹饪方式。

鸡的尊贵，还在于自带文化元素。作为家禽，鸡与人类相处的历史久远。《诗经》云："鸡栖于埘。"鸡，历来被认为是一种吉祥的家禽，其名"鸡"与"吉"同音，被认为是凤凰的化身，《太平御览》载："黄帝之时，以凤为鸡。"鸡鸣日出，带来光明，成为驱除恶魔和恐惧的原始图腾，是远古时期太阳鸟的祖先。古人常用鸡血来驱邪，直至现在亦如此。吉祥的名字，高贵的传说，使得"鸡"历来都是文人墨客笔下常见的主题。"头上红冠不用裁，满身雪白走将来。"唐伯虎笔下的鸡潇洒俊美，风度翩翩。"不为风雨变，鸡德一何贞。"李廓笔下的鸡道德高尚，坚贞不屈。汉代韩婴所作的《韩诗外传》，更是赞许："鸡有五德：头戴冠者，文也；足搏距者，武也；敌在前敢斗者，勇也；见食相呼者，仁也；守时不失者，信也。"

作为美食，人类食鸡早有记载。《吕氏春秋》载："善学者，若齐王之食鸡也。"食鸡备受文人墨客的推崇。像苏东坡独创东坡肉

洗净的土鸡

干蒸鸡

　　一样,大画家张大千也自创了大千鸡。此美食由嫩鸡丁和香脆的青辣椒、红辣椒配合而成。成菜质地细嫩滑润,微辣不燥,独具风味。身为"解味人",张大千的解味方式是"以画论吃,以吃论画"。他曾教导弟子:"一个人如果连美食都不懂得欣赏,又哪里能学好艺术呢?"

　　文人因美食而陶醉,美食又在文人的笔下变得浪漫。白居易用心追求"绿蚁新醅酒,红泥小火炉。晚来天欲雪,能饮一杯无"的意境。丰子恺认真描绘"小桌呼朋三面坐,留将一面与桃花"的美景:春光明媚,小桌一张,三人围坐,品美酒佳肴,何等惬意!

当美食与官衔相遇时，会碰撞出怎样的火花呢？光绪年间，鸡幸运地遇见被朝廷封为"太子少保"的丁宝桢。他仕途顺利，春风得意，每次来客，亲自参与，和家厨拿出看家本领，把花生米、干辣椒、嫩鸡丁和在一起下锅爆炒，肉质鲜嫩，色香味俱全，深受客人喜爱。宫保鸡丁这道美食，就这样流传下来。

其实，美食与武侠相逢，也能流香百世。"黄蓉用峨嵋钢刺剖了公鸡肚子，将内脏洗剥干净，却不拔毛，用水和了一团泥裹住鸡，生火烤了起来。烤得一会，泥中透出甜香，待得湿泥干透，剥去干泥，鸡毛随泥而落，鸡肉白嫩，浓香扑鼻"，这是《射雕英雄传》第六回中，黄蓉制作叫花鸡的过程。叫花鸡一出，洪七公狂赞："妙极！妙极！连我叫化祖宗，也整治不出这般了不起的叫化鸡。"就这样，殿堂级的美食专家洪七公，被叫花鸡这道美食迷得晕头转向，连自己的看家本领降龙十八掌也悉数教与郭靖。

在古代，能吃到鸡的不是一般人。随着社会经济的发展，鸡早已"飞入寻常百姓家"，吃鸡成为一种普遍性的消费。据统计，我国鸡肉的消费量仅次于猪肉，全国人均一年吃鸡 9 公斤。只是当我们在餐桌上享用时，才发现饲养的鸡少了"土鸡"的纯正味道，也少了几分儿时的乐趣。

扫码看视频

文化里的牛鞭菜品

永新县怀忠镇,似一本厚重的书,充满书香气。与她相逢,是在2005年下半年。我从十五公里外的高市乡,一路骑行,穿过莲洲的固塘村,进入怀忠镇市田村,便算投入她的怀抱。

在怀忠中学任教一年,我仿佛进入一个别样的天地。怀忠是一个心怀忠义的地方,一块被鲜血浇灌的土地。怀忠的红色历史令人敬仰:著名的松山战役在此地打响,五位开国将军从这里走出去,众多的无名烈士长眠于此。随着时间的推移,我对怀忠这本书越来越了解。尤其是那别具一格的牛圩文化,让我着迷。

怀忠村朝南一处地方,树木参天。每逢赶集,林子里牛群遍地,人头攒动。这是永新少有的牛圩之地。来自永新四乡的人云集于此,临近的安福县也闻风而动,八方汇集。

据记载,中国传统农业的定期市场在不同区域有不同称呼,华北地区称"集",华南地区称"圩"。牛圩,就是牛交易的地方。上

爆炒牛鞭

百头牛被圈在围栏里,上方是枝繁叶茂的樟树,地面散落着黑色的牛粪。牛主、牛客、牛牙人来回穿梭在牛群中。水牛、黄牛,牛仔、壮牛,或惬意地躺着反刍,或躁动不安地甩动尾巴驱赶苍蝇。以前,怀忠牛圩主要以耕牛交易为主,品种多为本地黄牛,也有少量的水牛。

  牛牙人是特殊的职业人,也叫"牛经纪"。经常手拿一根牛棒穿行在牛圩,通过"看"(看牛的牙齿、颈部)、"摸"(摸牛的牙齿、肚子和皮)、"敲"(敲打牛的要害部位,使其快速走动,从而观察到牛的毛病)等看似简单的动作,来估算牛的重量、脾性,并依据市场情况给出合理的价格,促成买卖双方达成交易。牛牙人靠挣差价为生,不会明码实价讲出来,用暗语交流。为了掩人耳目,牛牙人一年四季身着长袖衣。讨价还价时,靠在袖子里摸手势来获知对方的出价，然后赚取买卖中间的差价。一名优秀的牛牙人，既要有"看""摸"之类的过硬本领，又要有强烈的责任心，还要了解牛的脾性、学会治牛伤病的草方。

随着工业化程度越来越高，耕牛的需求逐渐减少，怀忠牛圩不仅转移了阵地（搬迁至乡政府靠北的地方），还转变成交易肉牛为主。耕牛交易时，注重牛的耕种潜能；肉牛交易重在给牛估重，判断牛肉质量。作为牛客（指买家），最关注一头牛的出肉率。好的肉牛，四肢不能太粗，皮要薄、油脂少，这样出肉率才会高。牛客希望通过牛牙人买到出肉率高的牛，于是估算出肉率的精准度成了最为考验牛牙人功夫的事。牛的种类也发生了变化，出肉率高的杂交牛（多为西门达尔）取代了体型矮小的本地黄牛和肉质不好的水牛。

神秘的牛圩文化让我着迷，而以牛身上某个部位为主食材的一

准备食材

道菜,也让我一饱口福。

中国文字博大精深,中国人追求诗意、含蓄的生活,在对万事万物的命名上可以体现出来。比如武术招式上,中国有很多形象生动的名称如海底捞月、泰山压顶等;外国人则直接明了,如左勾拳、右勾拳

爆炒牛鞭

等。在以牛鞭为主食材的菜里,我越发体会到中国人的委婉含蓄、诗情画意。牛鞭红烧时,取名"牛气冲天";用来煲汤,则名"东方不败";当牛鞭遇见甲鱼,则成了哀婉的"霸王别姬"。

上述三道菜,都属于怀忠的名菜,主食材皆为牛鞭,做法各不相同。"牛气冲天"重在爆炒。牛鞭清洗干净,用连环刀切段,焯水,放入菜籽油爆炒,再加入大料、冬酒、辣椒,适量的山泉水,炖一个小时左右。细细品尝,感觉香辣味浓。"东方不败"胜在煲汤。牛鞭清洗、焯水后,与山泉水、生姜片、党参一起放入砂锅,大火沸腾后慢火炖两个小时,再加入枸杞、食盐。特点是清甜软糯。"霸王别姬"的做法与"牛气冲天"类似,只不过添加了甲鱼。

其实,以牛鞭为主食材在以前并不盛行。农耕社会,牛扮演着极为重要的角色,牛让农民的生活有了基本保障。那时的牛多用于耕种,是农家人的宝,除非病倒或老去才会宰杀。耕牛,一个

"耕"字，简单而有力地总结了牛一生劳碌、默默耕耘的命运。那时候，吃牛肉不常见，吃牛鞭更是件奢侈的事情。物质常常以稀为贵，就这样，在物资匮乏的年代，牛鞭成为一道尊贵的菜肴。

随着社会经济的发展，机器的轰鸣声在大地上响起，牛肉成为寻常百姓餐桌上的家常菜。牛，从农耕时代耕种的重要参与者变身为肉牛时代纯粹的商品。是福是祸？是喜是悲？个中滋味，只有牛最清楚。

我国古人养生倡导医食同源，重药补也重食补。因此，民间盛行"吃啥补啥"的说法，即所谓的"以形补形"——食用外观上与人体某器官相似的食物，认为对人体该部位有利。如核桃，像一个微型的脑子，人们认为多吃核桃有利于补脑；番茄有四个腔室，皆为红色，与人的心脏一样，人们认为多吃番茄有利于补心。牛鞭嘛，那自然是补肾强肾咯。

当然，"以形补形"纯属简单的类比和推论。食物毕竟是食物，不能替代药物。食物多样化和均衡饮食才是健康生活的基础。

任何一道菜得以流传，离不开当地的风土人情、饮食习惯。以"牛气冲天"为代表的牛鞭菜品在怀忠乃至永新盛行，总让人感觉到与神秘的牛墟文化息息相关……

扫码看视频

辣椒炒鱼好味道

年少时读《水浒传》,对浪里白条张顺这个人物印象颇深。他的出场有些特别,是通过哥哥张横向宋江介绍的——"好教哥哥得知:小弟一母所生的亲弟兄两个,长的便是小弟,我有个兄弟,却又了得。浑身雪练也似一身白肉,没得四五十里水面,水底下伏得七日七夜,水里行一似一根白条。更兼一身好武艺。因此人起他一个诨名,唤做浪里白条张顺。当初我弟兄两个,只在扬子江边做一件依本分的道路。"由此可见,张顺水性极好,且肌肤如雪,在水中游移如白条闪现。"白条",指的是白条鱼。一种鱼,因文学作品中的一个人物而闻名,想来极为难得。

家乡东边有一条小河,源头水来自象形乡的深山。水量不大却清澈见底,河底不深,多为砂石。对水质要求较高的白条鱼来说,是难得的栖息地。对我们小孩来说,是嬉戏玩耍的天堂。一年四季,有不同的玩耍方式,游泳、打水仗、摸田螺,最有趣的莫过于捉鱼。家中没菜时,母亲便扛着抄网(永新话叫"捞眼",木头手柄,柄端装有大网兜),我提着桶子和弟弟屁颠屁颠地跟随。来到河边,母亲卷起裤腿下河,抄网入水后,用力朝岸边的水草里推,边推边往上托举。待网兜出水,母亲也上了岸,把网兜翻转在地,拨开一堆黑泥巴、烂叶子,里面的小鱼小虾赫然出现,或惊恐着,或蹦跳着。我们快活地用稚嫩的小手去捉。小虾的眼珠子一突一突的,配合张牙舞爪的神态,感觉很吓人。小鱼中多数是白条,体背青灰色,其他部位均为银白色,有的上下蹦跳,有的躺着露出雪白的肚子,一放入桶里又欢快地游着。水质好,加上没有过度捕捞,因此鱼儿也多,很快就捕获不少。

辣椒炒鱼

准备下锅的干辣椒、姜、葱等

到家后,母亲把鱼清洗干净,大点的要剖开肚子取出内脏,放入碗里,撒上盐腌制。我烧火加热锅,母亲倒入菜油。那时菜油珍贵,放得少,有的人家用布蘸点油搽在锅里就炒菜,美其名曰"吃茶油"。一条条鱼有序进入锅中,在热油的煎烤下悄然变色。母亲密切关注着鱼的变化,时而叮嘱我烧文火,时而用筷子翻转鱼,时而在锅边添菜油,防止鱼煎黑。香气氤氲中,鱼的两面呈现金黄色,便可出锅。母亲把煎好的鱼分成数份放进橱柜,留一份在碗里。锅中放入切好的青辣椒(用的本地土辣椒,辣味重),一股浓烈的辛辣味顿时腾空而起,呛得大家咳嗽不断。辣椒炒熟后倒入鱼,放点姜片继续翻炒,再加水烹煮,出锅。当腥味重的鱼遇见辛辣味浓的辣椒,二者产生良好的反应:鱼变得清香,辣椒却变得柔

新鲜小鱼

和。可以说，彼此都抑制住缺点，最大程度释放出优点。用这样的菜下饭，胃口大开，食欲大增。

剩下的鱼，母亲择日用干红辣椒来炒。先用热油重新煎鱼（激发鱼的香味），再加入干红辣椒、姜丝翻炒，加入水酒焖干便可出锅。有了水酒的加持，鱼的香味、辣椒的辛辣味混合成一股难以言说的香气，闻之生津，观之悦目，尝之过瘾。

"民以食为天。"这话一点不假。人类对食物的追求，从低端的饱腹之欲到高级的美食之品，从中可以看到社会的进步，人民生活水平的提高。但从食材的获取角度来看，情况却不容乐观。

我曾参加过禾水河流域渔业资源保护视察活动。当时一路寻来，发现不少触目惊心的现象：捕鱼船所到之处，鱼虾不得安宁；大型地笼所放之处，鱼虾插翅难逃；鱼雷所抛之处，鱼虾惶恐不安。"一行白鹭上青天"的美景，难以寻觅；"桃花流水鳜鱼肥"的画面，不再出现；"鱼儿相逐尚相欢"的场景，只能梦里相见。回到家乡，小河也憔悴不堪：水质浑浊，垃圾遍地，曾经欢快嬉戏的鱼虾早已不见踪影。我无限感慨：浪里的白条啊，你是否也已被垃圾、石块堆垒而死，就像张顺的悲凉和不甘？

人类有属于自己的栖息地，鱼儿同样如此。践踏鱼儿的栖息地，剥夺鱼儿的生存权，便破坏了人与自然的和谐共处。这是一种不负责任的表现，会危害我们的子孙后代。值得庆幸的是，县委县政府高度重视这种不良现象，正积极采取有效措施，还河流一个"清白"，还鱼虾一个"天堂"！

"鱼仔打个屁，青椒也有味。"这是永新人的一句口头禅。话虽有点糙，理却一点也不糙。鱼和辣椒，就像一对天生的有情人，一相遇便碰撞出热烈的火花，一交汇便生成独特的味道。

当今社会，鱼的做法越来越创新，人们也越来越追求健康饮食。相比之下，辣椒炒鱼便显得有些老土，或许也没有笔下描绘的那般好吃。可是因为有了儿时情趣的投入，才使得如此普通的一道菜肴升华为美味的艺术，成为每个永新人心中永不消失的美梦。

扫码看视频

爆椒泥鳅真味道

每一次去餐馆吃饭，我总是不忘点上一道菜——爆椒泥鳅。对这道菜，我有一种天然的情结，似乎是一种自娘胎就带来的喜爱。村里的大人小孩对它也是钟爱有加，春夏季节，我们的厨房里总是少不了这道爆椒泥鳅。我们这儿有一种说法，"天上斑鸠，地下泥鳅"，盛赞了泥鳅美味的同时，也表达了大家对道菜的偏爱。在永新，爆椒泥鳅既是一道家常小菜，也是一道待客硬菜。

水族之中，最数泥鳅卑贱。泥鳅易活，稻田、水渠、河沟、泥塘，无论是水浊水清，它们总是活得泼皮开心。秧海映青天的稻田是泥鳅美好的家园，从秧苗醒棵到分蘖、抽穗、扬花，直至秋后收获，整个过程正是泥鳅从幼年长到成年的大好时光。走在田埂边上，稍微低下身子去看，总能看到调皮的泥鳅在田沟里快乐游动，一甩尾巴，吐两个水泡，等你还没有回过神来，它们已经倏忽钻进稻棵淤泥中不见了踪影。当我还是一个少年，我每日在田间穿梭，捉泥鳅成了我最快活的一件事。周末的时候，我喜欢拿着篮子，拎着戽斗，去小水沟里捉泥鳅，每次都有不少的收获。那应该是我童年里最美好的时光吧。

泥鳅的做法很多，腌菜煮泥鳅、泥鳅蒸汤、干煸泥鳅……可谓是五花八门，而大家最常做的一道菜就是爆椒泥鳅。这人世间，一种事物与另一种事物，总是有着千丝万缕的联系。就比如泥鳅和辣椒，按理，它们的人生是没有交集的。但是，智慧的人们用自己对生活和美食的理解，像促成一道姻缘一样把它们放在了一起，创造出一道美味——爆椒泥鳅。

辣椒得选那种青尖椒，自然也是自家园子里种的，新鲜着呢，还带着晶莹闪亮的晨露。青椒的青色，沁人心脾，那是大自然最好看的颜色。这样的辣椒，辣味不浓不淡，恰到好处，正好用来炒

泥鳅。将锅烧热，锅里涂一层菜籽油，将洗净的青椒一股脑儿放入锅里，盖上锅盖，一会儿，青椒借助油温，开始膨胀，发出砰砰砰的声响，再用锅铲压扁青椒。油爆辣椒，这是做菜的第一道程序。

青椒炒泥鳅

接下来就是干煸泥鳅，它是一门技术活。老子说："治大国，若烹小鲜。"干煸泥鳅需要极大的耐心，正所谓"欲速则不达"。干煸泥鳅通常要用小火。此时，将火烧到最小，处理好了的泥鳅在饱和的油脂里发出滋滋的声响，就着文火慢慢变黄，其间，还应用锅铲借助脉劲，徐徐地压扁泥鳅，不能太急，也不能太用力，不然，泥鳅就很容易四分五裂，坏了应有的品相。孔子说："色恶不食。"中国人的饮食历来讲究色香味，这自然也是一种对生活品质的追求。台湾知名哲学家张起均在《烹调原理》中说，"先声夺人不如先色夺人"。秀色可餐永远是厨事里一个孜孜以求的方向。

干煸的泥鳅焦黄酥脆，散发出一阵阵清香，在瓦屋里徐徐升腾，四处散溢。接着，将爆好的青椒加入，匀着里翻动，爆椒慢慢地吸取油脂，味道会变得更加醇厚。最后，再加上姜丝、蒜子，一道美食就正式出炉啦。

爆椒泥鳅一般选用盘子来装，是那种有中国风花纹的，赏心悦目，如此，餐桌才显得更好看一些。"煎炒宜盘，汤羹宜碗，参错其间，方觉生色。"古人的餐桌往往很讲究美学，也是值得借鉴与沿袭。

爆椒泥鳅是庄户人家家常菜里的小家碧玉，是一道朴素却十分可口的下饭菜。小时候，我就喜欢泡在厨房看大人们做，默记于心。成年后，也经常买来青椒和泥鳅，自己摸索着做，每次都做得像模像样，每次都吃得回味无穷。泥鳅入菜肴，有着最朴素的芬芳，而那些园子里跟人亲近的辣椒，与泥鳅结缘后，总是以味蕾的方式一一复现在我们的身体里，重新抵达生命的原乡。青椒与泥鳅，那是一份天赐的良缘，它呈现出一种无可挑剔的味道。万物浩繁，各行其道，但是，它们也许生来就是为了相遇，而它们的相遇成就了一段美食传奇。

人间烟火气，最抚凡人心。一道简单的菜肴，那是自然对生命的馈赠，它抚慰着布衣百姓的肠胃，让生活变得滋味异常。世道几经变迁，不变的永远是家乡的味道。

扫码看视频

黄鳝炒腊肉，人间好口福

春天到了，农贸市场里的黄鳝骤然多了起来，买的人也多起来了，许多人开始计划着来一盘黄鳝炒腊肉以犒劳春日里忙碌的自己与家人。一份庸常的菜肴，就此打开了一个城市欢快的情绪。

黄鳝在油菜花开时分吃最佳。俗话说，"春日黄鳝赛人参"。此时的黄鳝最肥，肉质十分滑嫩。不管是炒还是盘，都是一道可观可享的美馔。

抓黄鳝是我们小时候最常做的一件趣事，那是小孩子们的一种娱乐活动，既开心，又帮家里改善伙食，一举两得。黄鳝不仅是一道美味佳肴，还承载了孩提时的诸多记忆。黄鳝的做法，天南地北，五花八门，不同的地方对食材总是有着不同的理解。永新人将黄鳝吃出了新的花样，它就是黄鳝炒腊肉——永新人舌尖上的一种老味道。

将黄鳝一条一条清洗干净，一条一条剔好后，用刀背或者酒瓶子打扁，再切成段，三五公分最好。干辣椒切细，蒜子打碎，老姜切丝，这些都是做菜的前期准备工作。等一应工作完成后，接着就是备腊肉，得挑肥腊肉，最好是那种五花肉，洗净后，切成一片一片，大小均匀，这样的腊肉晶莹剔透的，保留着冬日炊烟的脉脉余香。

起锅了，一般先炒腊肉，在高温下，腊肉的油脂慢慢地溢出来，油在锅里刺啦刺啦地响，此时，腊肉变得更加透亮了，像磨砂玻璃一样好看。接着，再将准备的黄鳝下进去，翻炒几下，火稍微烧大一些，让腊肉和鳝肉相互爆炒，直至黄鳝肉边缘开始卷起来。此时，黄鳝的肉吸收着腊肉饱满的油脂，腊肉吸收着黄鳝的鲜香，两者互相浸润，味道相互融合。袁枚在《随园食单》里说："拆鳝丝炒之，略焦，如炒鸡肉法，不可用水。"爆炒，是黄鳝炒腊肉的必要过程。

备好食材

　　相女配夫，烹调之法。一道成功的菜，配料也是相当重要，干辣椒、生姜、大蒜等都是黄鳝炒腊肉必不可少的，将其放入，能够去腥提味，将味道进一步升华。做菜肴一切都得谨遵"食不厌精，脍不厌细"的古训，方不可失误。黄鳝炒腊肉这道菜的精妙之处还在于慢，须慢慢地焖，不必勤于翻炒，操之过急往往会散失它的鲜香。最后，才加点水补一下汤汁，然后汤逐渐变成绛紫色，待汤差不多烧干，鳝皮色泽渐失为止。然后才下盐，翻动几下，出锅，一道美馔就此成功诞生了。

　　食物皆是药。据《本草纲目》记载，黄鳝有补血、补气、消炎等功效。黄鳝的药理大家通常不太关注，它受宠还是因为它那无上的美味。黄鳝炒腊肉得趁热吃，一旦凉了就会有腥味，味道自然大打折扣。揿一筷子送到嘴里,你会发现,腊肉芳香,鳝肉鲜美,很快霸占了你的味觉,让你欲罢不能,而且鳝骨自然剥落,美妙无比。这是一鲜一老的完美组合让食材充分互补,味之香,肉之美得以充分缔造出来,那味道牢牢印在我的记忆深处,常常在我舌尖回荡,无法抗拒。

切好的鳝段

腊肉

我的父亲特别迷恋黄鳝炒腊肉，一到春天就开始念叨这道菜。所以，他也特别喜欢去照黄鳝，夏日的夜间，他挎着扁篓，拿着一个密布银针的鱼叉，提着个火炉在旷野的水田里四下逡巡。夜间的风轻轻地吹拂，黄鳝从闷热的水田里一一钻出来，躺在水面上静静地纳凉、憩息，悦享着美妙的人生。不过，在强烈的火光照射下，它们几乎不太动弹，父亲用鱼叉对着黄鳝一叉一个准，每次都有不错的收获。第二天，厨房里便飘出黄鳝腊肉的香味。干活回来的父亲一进门便要说一句："今天有口福咯——"那声音拖得长长的，里面全是欢快之意。此时的他，眼角堆满笑意，满脸的知足，也许在他看来，一份黄鳝炒腊肉，就是他生命里一份最大的幸福。

小小的厨房，精心地烹饪，食材在锅中翻滚，飘出人间烟火的味道。最是人间好口福，抚平世俗凡人心。我们用劳动丈量生活的艰辛，用舌头感悟食材的细节，也用情感打捞美食的记忆。农耕时节里，一份黄鳝炒腊肉，一份简单的青菜，一份洁白的米饭，一家人围着餐桌静静地享受自然的馈赠——岁月从容不迫，那份温柔闲适，从红尘世俗中慢慢漾出来……

扫码看视频

春江水暖话"血鸭"

每次诵读苏轼的《惠崇春江晚景》,脑海里浮现的不只是竹林、桃花的美景,还有家乡的美食——血鸭。

家乡永新和莲花、宁冈三县,以前同属吉安地区。那时民间流传这样的话语:"永新老大,莲花老二,宁冈老三。"这是因为三县相邻,风俗习惯、地方语言很相似,遂根据土地面积、经济、人口来排名,形成这样的说法。如今,莲花划入萍乡市,宁冈合并到井冈山市。这是大时代变化里的一个缩影。

尽管如此,三个地方的人们见面时依然很亲切,说方言毫无隔阂,品地方菜一见如故,有时候还会彼此交流,取长补短。比如永新人和莲花人在一起吃饭时,总会拿永新血鸭和莲花血鸭进行比较。

有趣的是,永新血鸭的名气却不如莲花血鸭。莲花血鸭历史悠久,清末帝师朱益藩将这道菜献给朝廷,因此上了宫廷菜谱。庐山会议期间，莲花招待所厨师李桂发专程上山为大人物烹制莲花血鸭。后来，莲花血鸭成功入选江西省非物质文化遗产名录。较之莲花血鸭的星光璀璨，永新血鸭更像深藏闺中无人识的少女。尽管如此，永新血鸭并不怯场，也不逊色。她的足迹踏遍永新红土沃野，她的身影绽放餐厨之间。

永新人和莲花人喜欢把血鸭这道美食相提并论，品头论足，却不会评价哪道菜好，哪道菜差。我私下揣摩，是否两者的炒制方法类似，都需要使用水酒浸润的鸭血？是否两县人民的饮食习惯相同，如同兄弟般并不在乎谁好谁坏？

窃以为，所谓地方美食，看重的是这个地方的人对它的认可度。认可度高的，当仁不让为美食。莲花血鸭，已得到诸多江西人的认可，成为赣菜"十大名菜"之一，是江西的美食。而永新血鸭，则是万千永新人以及周边县市人们口中的美食。行走在永新大地上，你会发现一个不可否认的事实，那就是无论家庭主妇还是厨房煮男，基本上都会炒血鸭。

小时候，每逢年节，餐桌上总少不了血鸭这道菜。鸭子是本地品种，个头小，毛色杂且带花，俗称"花鸭子"。开春时节，母亲从圩场买回十来只鸭仔，柔软通黄的绒毛，娇小球状的身躯，吸引我和弟弟的追捧；黄色的喙在手掌心来回啄动，酥麻的感觉瞬间传遍全身。早晨起来，第一件事就是打开门，屁颠屁颠地跟随着它们去后院，只见一只只黄色的"绒球"摇摇摆摆、颤颤巍巍地滚入水中。放学归来，我们急匆匆地带着钓竿（棍子上系着绳子）、拎着袋子去田间钓来泽蛙（俗称"土给马"），剁碎了喂给鸭子吃，有时也会扛着锄头挖来一些蚯蚓喂食。充足的食物加上健康的运动，鸭子以肉眼可见的速度成长着。两三个月后，绒毛悄然褪去，换上一身花中带麻的羽毛。每天，鸭子不是在觅食，就是大摇大摆地行走在院子外面，歪着头，炫耀着"嘎嘎"的声响，那副旁若无人的神情，别有一种"滑稽美"。

那时候，养鸭是快乐的，给单调的生活增添了很多乐趣；吃鸭是幸福的，饥饿的胃总是热切地期盼着美食的到来。鸭肉吃尽，还有那味美至极的鸭汤，拌入热腾腾的米饭，几口下去，一碗饭便不见踪影。

血鸭

及至为人父，我也会炒血鸭。只不过主食材变成圈养在栏里吃饲料、整日里耷拉着脑袋愁眉苦脸的鸭子；经常饱胀的胃也找不回以前只需一丁点肉就幸福满足的感觉。从市场上买回一只清理干净的鸭（店家会送你一袋掺了水酒的鸭血），剁成块状，热锅中倒入茶油，鸭块爆炒至水分干了后，加入适量的水（淹没鸭肉为止）、生姜片，大火烧开文火烹，六七成熟时放入提前煸香的干辣椒，倒入血酒（之后切勿翻动），小火煮，最后加盐出锅。面对一盘色香味俱全的永新血鸭，儿子只是象征性地举起筷子夹了几下，没说不好吃，却更多地伸向那盘红烧龙虾。

时代在进步，永新血鸭的烹制方法也与时俱进。记得有次下乡，品尝到了青辣椒炒血鸭。炒法大致相似，只不过把干辣椒换成青辣椒，感觉就不一样了。还有的饭店加入干萝卜或酱萝卜。每次

调制血酒

永新血鸭

品尝到加入不同食材的永新血鸭，我都会欣然尝试，也会在就餐后大加赞赏。我始终认为，每个人口中的美食标准是不一样的，只要自己喜欢，就是美食。

在文化部门工作期间，永新、莲花、井冈山与湖南几个县联合举办了三届"罗霄放歌"文化巡演活动。我有幸带队到莲花县演出，也实地品尝了莲花血鸭。

取名"莲花"，该是一个美丽地方，果不其然。"村居原自爽，地又是莲花。疏落人烟里，天然映彩霞。"清代莲花县第五任同知李其昌到任后，题写了这首诗。闲适自然、朴素宁静的乡野生活令他诗兴大发。李其昌，还有一个特殊的身份——苏东坡的后辈同乡。苏东坡爱美食，李其昌也爱美食。土生土长的莲花血鸭，就这样俘虏了李其昌的身心。莲花血鸭与永新血鸭的食材类似，如麻鸭（花鸭）、茶油、水酒、辣椒。制作过程也雷同，都需爆炒、焖煮，再加入灵魂的血酒。作为外行，我认为，如果说有差别，那就是刀工不同：莲花血鸭剁得碎，却又藕断丝连；永新血鸭却是剁成块状，该断则断。至于火候、调料，则因人而异。

汪曾祺说："一个人的口味宽一点、杂一点，'南甜北咸东辣西酸'，都去尝尝。"对食物如此，对文化也应该这样。

本着这样的心态，永新人和莲花人，就像兄弟般对待彼此的美食——血鸭，不评判高低，只在乎享用。很和谐，也挺好。这的确是一件乐事。

扫码看视频

吉祥金贵"子包肉"

今年的"五一"假期，我和爱人选择居家，因有几个婚嫁的酒席要参加。永新的酒席，蛋饺这道菜少不了。一碗金黄的蛋饺，引来不少筷子的光临。谁知一入口，爱人便抱怨不好吃，没有以前的可口。其他人皆有同感。这时，一个文质彬彬的老者笑着说："想当年，物质缺乏，能够填饱肚子就很满足了。你想想，蛋饺这道菜，把鸡蛋和猪肉两种昂贵的食材结合起来，难道还不美味吗？现在呢，时代不同了，丰富多样的食品层出不穷，鸡蛋和猪肉已成为普通的食材，加上鸡、猪都吃饲料，品质、品种都发生改变，当然没有以前的好吃。"大家颇为认同。

在一道菜里，我们可以清楚地看到时代的进步、社会的发展。父辈们常说："做人要忆苦思甜"。回忆过去的苦难，可以反衬今天的幸福生活来之不易。追寻蛋饺的余香，我的思绪逆流而上，定格在年少锦时。

那时，农村家家户户都养鸡。母鸡、公鸡、小鸡满地闹，与鸭、猪、狗弹奏出一首热闹的生活进行曲。母鸡属贵族，金贵得很，农民舍不得宰杀，小心翼翼地饲养着，期待它生蛋、孵小鸡。孩子们散学归来，不是做繁杂的家务，就是挖来蚯蚓给鸡喂食。鸡爱吃谷子（稻谷珍贵，一般喂瘪谷），也吃青草蔬菜，有时还会吞食有助于消化的沙子。母鸡下蛋后，那副旁若无人、不可一世的神态惹人发笑。它还未走出鸡窝，"咯咯哒"的叫声就已迅速传开，颇有王熙凤出场时"不见其人先闻其声"的气势。一出鸡窝，立马仰起头、踱着方步继续鸣叫，声音响亮聒噪，唯恐天下人不知其下了蛋。我挥着手说："去去去，吵死人，不要叫了。知道你生的蛋个个大！"它却丝毫不理会我的一脸嫌弃，依旧踱着方步大声鸣叫，偶尔还歪着头打量着我。母亲一脸欢喜地从里屋出来，撒一把瘪谷在地上，"咕咕"地唤着母鸡。它才停止鸣叫，开心地享用起来。趁此空档期，我赶紧低头去鸡窝捡拾尚有余温的鸡蛋，高兴地递给母亲。母亲小心打开里屋的抽屉，只见旧衣服垫底的抽屉里放着几个大小不一的鸡蛋。等攒到十来个，母亲便取出装在竹篮里，用毛巾盖好，拎到圩场卖掉，换来的钱用来补贴家用。倘若立夏、中秋、过年，她才拿出鸡蛋或煎或煮，给全家改善伙食。

子包肉

我私下认为,蛋是万能型食材。它可以百搭各种食材,生成各式各样的菜品,也可独立成菜,比如立夏吃的煮蛋、煎蛋。孩子生病吃完药,最期盼的是慈祥的母亲端来一碗热气腾腾、香气扑鼻的水煮蛋或荷包蛋。不过,倘若与蛋饺相比,单一的煮煎鸡蛋还是逊色不少。

"蛋饺"是雅称,永新话称之为"子包肉"。这个

"子",指的是"蛋"。"鸡子"就是鸡蛋——鸡蛋如同鸡的孩子,可以看出永新人对蛋的尊重,再有猪肉的加持,因此,蛋饺这道菜,几乎与狗肉、鸡肉同等尊贵,只有在特定的日子才会出现在饭桌上。

做蛋饺,既费时又费力。蛋饺用的蛋,鸡蛋最佳,因为较之其他的蛋更易膨化。母亲取出三五个鸡蛋(具体要根据猪肉的量来定),一一敲开蛋壳,把乳白的蛋清、金黄的蛋黄倒入碗里,用筷子搅拌成蛋糊。搅拌要顺时针方向,腕部发力,让蛋清、蛋黄有机融合。力过猛容易洒出来,力气小则搅拌不均匀。父亲提前把猪肉(最好是前腿肉,肥肉少,精肉多)剁碎(要放入适量盐),盛入碗中。我一边烧柴火(看情况取中火或慢火),一边看母亲操作。锅热放入菜油,母亲舀入一勺蛋液,蛋液迅速膨胀,散成花瓣状。用筷子夹适量肉馅放在中间,伺机用锅铲翻动蛋花使其包裹肉馅,待成饺子状(用锅铲稍微压实),铲至锅边沥油,锅底同时舀入蛋液、放入肉馅。锅边的蛋饺稍微沥干油,便可放入碗中。循环往复的动作,在母亲满脸汗水的映衬下,显得并不单调枯燥。我用钦佩的眼光打量母亲,感觉她像个画师,一点、一卷、一压,便勾勒出蛋饺的形状。柴火与菜油的完美搭配,为蛋饺抹上金黄的色彩。更为绝妙的是,鸡蛋的芳香与猪肉的香味有机融合,生成独特、浓郁的蛋饺香型,伴随着袅袅炊烟,溢满

子包肉

厨房，又穿透窗户、瓦缝，向村庄四周发散。整个村庄，就这样成为蛋饺香的海洋、烟火气的天堂，让人陶醉不已。

中国人历来讲究"中庸之道"，这在煎蛋饺中也能得到很好的体现。蛋饺不宜煎老，老则口感柴；不宜煎嫩，太嫩则猪肉包裹不严实。

蛋饺煎好，此时还不能食用。可煮熟，也可放入鼎罐中蒸熟后再吃。我家多采用煮的方式，母亲往锅中加入适量清水，倒入蛋饺，大火沸腾，慢火焖煮，熟后撒上葱花即可出锅。

前几天，在岳母家吃饭，竟然看到一盘"子包肉"。还是那金黄璀璨的外皮，里面不单有猪肉，还有肥嫩的香菇。在造型别致的盘子衬托下，显得格外金贵。嚼之外软里嫩，闻之香气扑鼻，仿佛又回到年少锦时。

"子包肉",其形状如饺子(以前的人认为像"元宝"),两面金黄寓意富贵;其色香味独特,较之永新狗肉、永新血鸭的辛辣浓烈,它鲜香清爽,老少皆宜。它是一道尊贵的菜,经常出现在大型喜庆的酒席、宴会上;它是一道吉祥的菜,年夜饭上少不了那道金黄色的身影,就像吃鱼代表"年年有余",永新人香甜地吃着蛋饺,热切地期盼着来年招财进宝,好运连连。

扫码看视频

最忆是狗肉

人类吃狗肉的历史久远。《说文解字》里就有人类吃狗肉的记载。远古时期,请部落首领吃狗肉叫"献",献字是月字旁上边一个瓦罐,旁边一只犬,意思就是把狗放到罐子里煮,叫作"献",表示尊敬。还有"然",古语"然,诺也",表示肯定,左边一个"炙",烤的意思;右边一个犬,就是把狗放在火上烤。把这个字作为承诺的意思是因为当时两个部落要达成什么协议,即后来的歃血为盟,由于当时还没有酒,大家便烤一条狗来吃,吃完就算达成协议,不能反悔。因此,吃狗肉在古代是一件很尊贵、很上层的事情。

随着时代的发展,吃狗肉变得接地气。永新人民发扬老祖宗的优良传统,将吃狗肉进行到底。"狗肉滚三滚,神仙站不稳""闻到狗肉香,佛祖也跳墙""吃了狗肉暖烘烘,不用棉被可过冬",这些俗语验证了永新人对狗肉的情有独钟。永新人几乎一年四季都吃狗肉。无论你何时去菜市场,总能看见叫卖狗肉的商贩;无论你在哪个永新饭店,总会发现饭店的主打菜之一是永新狗肉。外地客人到永新,如果没有吃到狗肉,会深感遗憾,叹息"白来一趟"。

狗肉属大补食品,最佳品尝期在寒冬腊月。印象中,每逢腊月,父亲与邻居会合伙买一只狗(十公斤左右最佳)打打牙祭,来犒劳一年的艰辛。大伙儿在空地搭好灶台,杀狗的、切肉的、烧火的、炒菜的,分工又合作,满头大汗地把凛冽的寒风甩得老远。孩子在旁边玩耍,不时用眼睛和鼻孔捕捉狗肉的熟透程度。等到香气覆盖整片空地,便一窝蜂拥到锅边,作垂涎欲滴状。此时,闲下来的大人便拿我们开涮,"你看疤子佬,口水流到下巴上,看来想吃狗屁股""还有鸡仔眼,舌头在嘴里不知打了几个滚,干脆给你条狗舌吃"……每开涮一个小孩,空地上方都会飘荡着肆无忌惮的笑声和火辣奔放的狗肉香味。火候到了,厨师一边揭开锅盖一边大声说:"熟了熟了!各家去拿碗来。"小孩又像受到惊扰的蜂群,飞速散开跑步回家,拣家中最大的碗端过来,齐刷刷放在灶台上。厨师用犀利的眼光和熟练的手法均匀地分好狗肉后,便心满意足地点燃一根纸烟,端起属于自己的那份惬意地回家。永新人管这叫"兑狗伙"。永新人团结齐心,守信用,通过经常凑在一起分享狗肉也可看出。永新狗肉,成为寒冬里最温暖的陪伴。

不可否认,在赣西一带,永新狗肉很是出名。窃以为,与它的制作过程独特有关——需用水酒保存狗血。《本草纲目》记载:"凡食犬不可去血,去则力少。"强调狗血调补之功效,且能增进口味。

永新狗肉

需用稻草烧狗（能祛除臊味，更具香味、烟火味），狗皮烧至金黄且微微裂开最佳。需用诸多作料，干辣椒（需提前用冷油缓慢加热炒香，切段）、茶油、胡椒粉。需用狗的全身烧炒。俗话说："宁舍丈母娘，也不丢狗肠。"烧炒时，热锅里放适量茶油，倒入狗肉爆炒至冒油。加入适量清水，大火沸腾一段时间后投入焯好的内脏，改中火炖。待六七成熟，加入干辣椒、热茶油翻匀，再放入狗血（此时千万不要翻动）慢火炖至熟透，加适量盐、胡椒粉出锅。狗肉吃完，还嫌不够的话，可以用狗肉汤煮豆腐或芋头，那味道也是顶呱呱。

餐桌上大快朵颐，听长者讲述永新狗肉的传奇色彩和不凡经历，让人回味无穷。相传，汉高祖刘邦在登基前，偶然品尝到永新狗肉，一直念念不忘。登基后，专门派大臣樊哙到永新挑选厨师担

永新狗肉

任御厨。新中国成立后，永新狗肉被列入国宴菜单，招待过西哈努克亲王。2007年，永新狗肉入选吉安市首批非物质文化遗产保护名录（传统手工技艺类）。2021年2月1日，江西省商务厅正式发布赣菜"十大名菜"、"十大名小吃"名单，永新狗肉位列20道江西精品赣菜之一。

"民以食为天"，饮食，本为人之本性。当今社会，物质丰富，人民群众对饮食的追求也由"饱腹"转为"美食"。饮食，从生存之基础完美转身为精神之享受。

我一直喜欢探寻美食与地域、人群的关系。有什么样的地域就有什么样的人，有什么样的人就有适合他的美食。可以说，美食不分贵贱，只要自己喜欢，皆可称之为美食。美食是一种媒介，既能传递传统的价值观、人际关系、生存状态甚至是哲学思考，又能传递浓郁的乡愁。

我与众多永新人一样，也会刻意地去寻觅本地具有代表性的美食。"众里寻他千百度"，永新狗肉，在众人的认可与欢呼声中，浓墨重彩地出现在灯火辉煌处。

狗肉这道美食能在永新民间流传久远，离不开特殊的地理环境。永新属亚热带湿润性季风气候,是典型的农耕山区。村民过着日出而作、日落而息的农家生活。家禽家畜饲养普遍,尤其是"养狗护家、养狗为食"蔚然成风。永新人习惯用辣来抵御风寒。天长地久的摸索,最终形成独特的狗肉烧制方法,产生独特的感观。视觉上,色泽金黄;嗅觉上,香辣扑鼻;味觉上,辣而不腻,饱而不厌。《食疗本草》载:"狗肉补五劳七伤、益阳事、补血脉、厚肠胃、实下焦、填精髓。"《日华子本草》注曰:"狗肉补胃气、壮阳道、暖腰膝、益气力。"这样的美食,何人不爱、何人不吃呢!

写到这里,我不由得咽了一下口水。窗外,仲春的阳光暖暖地照着,我又闻到那醉人的狗肉香。

时代在发展,永新人民的口袋充实了,想吃狗肉随时就地取材。尤其是中秋、春节,大家爱用一顿火辣辣的狗肉庆祝佳节;外地工作的永新人,喜欢通过狗肉来联络感情,驱散疲倦,更是寄托浓烈的思乡之情。

生活在县城,来了外地客人我爱请他们去饭店里,点上一份色香味俱全的永新狗肉。看着客人大快朵颐,在高兴的同时,我又会情不自禁地怀念起家乡"兑狗伙"的热闹场景。

充满生命力的金钱蛋

金钱蛋,老家的方言称"线扯啵啵"。将五六个生鸡蛋煮熟去壳,取一小截补衣服的白线,用牙齿咬住线的一端,另一端用手紧紧捏着,绷直,拿起一个去壳的熟鸡蛋,从蛋的一端至另一端用线将它拉成薄薄的蛋片。方言不好表述其学名,金钱蛋之称最适合上菜谱。热锅烧油,将这些蛋片下锅煎至金黄,像一片片黄澄澄的金钱,下生姜蒜末、辣椒炒香,水酒、生抽调味,一道口味层次分明的金钱蛋完美出炉。黄灿灿的色泽,配上红辣椒,色泽艳丽,一派喜庆的好彩头,立刻激发勃勃生机的味蕾。

小时候很馋"线扯波波"这道菜,可不会天天吃到,因为太费鸡蛋。没钱买肉吃,平时吃个鸡蛋,要炒好多辣椒。园子里辣椒是管够的,一串串疯了般拔长。永新人吃青椒喜欢"爆",爆辣椒炒鸡蛋下饭得很,一小撮辣椒和鸡蛋片可以吃一两碗饭。鸡蛋充当肉的身份,做着一日三餐粗茶淡饭里的调味滋补角色。

用线拉圆片

　　金钱蛋的食材有两种，一种是新鲜鸡蛋，另一种是孵鸡蛋未孵出小鸡的"寡鸡子"。说实话，后者的口感远胜前者，经过孵化的鸡蛋，肉紧实，吃起来有嚼劲。先把鸡蛋煮熟，冷水浸泡，这样易于去壳。鸡蛋还热着时，壳紧黏着蛋肉，很难去壳，剥起来磕磕碰碰，不断碎壳，还粘皮带肉，破坏整个鸡蛋的润滑感。经过冷水浸泡后彻底冷却的鸡蛋，轻轻敲开一个口子，手指一抹，整个壳顺滑剥去，露出光滑细腻的蛋身。用线将它们均匀拉成薄薄的圆片。热油将蛋片煎炸得金黄喷香，倒入一大调羹水酒和生抽，拌入葱姜蒜丝再烧一下，一盘黄澄澄香死人不要钱的金钱蛋，温厚饱满，硬朗又酥香。金灿灿的金钱圈般的蛋片中滚着青红辣椒，肥白的蒜瓣点缀，跟毕加索的画风类似，饱满，热情，激烈，充满生命的节律和

金钱蛋

生机，暴击味蕾，让人胃口大开，忍不住挥舞着筷子大快朵颐。

小时候常常被大人忽悠，说小孩子不能吃"寡鸡子"，吃了会口臭，甚至变蠢。后来才知道，那是大人忽悠孩童，生怕小孩贪吃他们的下酒菜而故意找的借口，不让孩童与大碗干米酒的大人们争夺为数不多的"线扯啵啵"。童年一副单薄胃肠，缺少油水滋润，孩童对食物的需求总归是不加克制的惊人食量。这样一盘色泽金黄、外焦里嫩、芬芳诱人的菜，若不加阻拦，孩童一口气可以干掉一整盘。

米酒提味的金钱蛋，柔而韧，嚼劲十足。尘世的灯火点亮老区人民的贫寒日子，黄澄澄的金钱蛋，犹如岁月深处一块泛黄的旧织锦，不经意抖开在今时的繁华光景里，风华依旧，其味不败。那些被生活逼迫出的一地鸡毛的混乱和焦虑，美食总是可以适当治愈。不经意的舌尖碰触，就会打开记忆的大门。那一口悠远绵长的滋味蕴含着温暖的回忆，捋顺当下粗糙晦涩的情绪，成为一种及时的精神慰藉，滋生热爱生活的好心情。

每一次被熟悉的味蕾唤醒记忆，不免有光阴易逝的怅惘，童年仿佛山长水远来到眼前。如今自己烹饪每日三餐，想吃金钱蛋唾手可得，不费吹灰之力，冰箱里随便取五六个鸡蛋，一会儿香喷喷的一盘就可以上桌。我们倾己所能烹饪的每道菜都饱含对家人和生活的爱。

美食承载着乡愁最原始的使命。美食和乡愁互为依存，二者之间有着难以割舍的关系。经典美食需要代代传承、挖掘和创新。改革开放以来，大多青壮劳动力涌向城市。固守的乡土和流动的人口，赋予越来越多的人新身份——游子。繁华的都市生活，让很多离开故乡的永新人渐渐远离家乡美食。都市灯红酒绿的生活养得出髀肉，养不出贵气。携裹着乡野气味、滋养过单薄肠胃和贫穷身躯的金钱蛋，经得起沧桑岁月的洗礼、检阅和冲击，自有其独特的尊贵之味。金黄，焦嫩，米酒滋养，辣椒供奉，一日三餐，津津有味，寒冬酷暑，一盘绝响。

窃以为，烹调的最高境界，是保留菜肴的原味。刘姥姥进大观园，贾母叫她吃茄鲞。刘姥姥吃蒙了，直言不像是茄子。凤姐娓娓道来茄鲞的做法：把刚摘的茄子去皮，茄肉切成碎丁子，用鸡油

炸了,再用鸡肉脯子合香菌、新笋、蘑菇、五香豆腐干、各色干果子都切成丁儿,用鸡汤煨干了,拿香油一收,外加糟油一拌,盛在瓷罐子里封严实了。这种烹饪太精致,不适合寻常百姓的家常做法。山里人性情淳朴,不喜欢奢华铺张。

永新人做的美食，基本上遵循原汁原味的烹饪做法，这是田野禾稻、山风炊烟赋予山区人美食的底蕴。金钱蛋体现了这种最高境界，在香喷喷的煎炸中，它的颜色、质感、气息、蛋的原汁原味悉数承欢于舌尖。

游子步履匆匆，每一次吃到家乡美食，心绪激荡。村庄是农民的根，祖祖辈辈建设她，修缮她。新的一辈又无时无刻想要逃离她，却又无时无刻思念她。城乡之间的联结是这个时代特有的焦虑和矛盾。稼轩有词："人言头上发，总向愁中白。拍手笑沙鸥，一身都是愁。"人生何处酌酒，遑论珍馐，莫如老家一盘金钱蛋。食物都是有生命的东西，它们顺着人类的身躯，在血液里静默地呼吸、流转，唤醒日渐僵麻、备受焦灼的神经。

永新美食无穷多，金钱蛋踩着一缕霞光，自有其生机勃勃的风味，吸引着一代又一代永新人垂涎它，赋予其无穷尽的经典佳肴角色。

扫码看视频

"过期"的猪脚炖黄豆

我撰写过不少关于永新地方美食的文章，因为熟悉、投入，撰写起来就得心应手。然而有一道菜，却让我无从下手，它就是猪脚炖黄豆。

人类学会用火后，食物就变成了菜肴。当经济发展、物质丰富之时，菜肴便华丽转身为美食。有的美食从不过时，有的美食却渐行渐远。猪脚炖黄豆，在当今时代琳琅满目的餐桌上，悄然隐身退场。

如今，很少有饭店做这道菜。即使有，也是客人提前预订。我曾经询问过原因，基本上都认为如今"四高"人群太多，很多人都不敢吃。

"四高"是指高血压、高血脂、高血糖、高尿酸。这一人群有太多的忌口，而昔日的大补菜——猪脚炖黄豆，就这样成为人人避而远之的"过街老鼠"。是时代的进步，还是时代的悲哀？

我属于高尿酸之人，痛风症偶有发作。每念及发作之苦，恨不得清心寡欲，一日三餐只食青菜，最好是餐风饮露，做一只高洁的秋蝉。然不发作之时，打量一桌的美食，又忍不住举箸夹食，大快朵颐，且自我安慰"别无他事、不会发作"。但对于猪脚炖黄豆，却是再没有尝试，只能在回忆里寻觅它的味道。

小时候，我对猪脚炖黄豆常怀期盼之心，常抱热忱之情。猪肉稀缺的年代，一只肥嘟嘟的猪脚，搭配金灿灿的黄豆，那是高脂肪和高蛋白完美融合的产物啊！产妇吃了奶水充足，孩子吃了茁壮成长。大口咀嚼软糯的猪脚、酥嫩的黄豆，再深喝一口汁浓香甜的原汤，那享受的神情，犹如陶醉的神仙。可惜的是，这道菜珍贵，主要是猪脚买不起。聪慧的母亲便用腊肉骨头炖黄豆来代替。

这种情况多数是在开春后。经历春节的欢畅痛饮，家里储藏的食物早已一罄而空。望着七张饥饿的嘴巴，母亲把目光定格在灶台上方悬挂的腊肉。说是腊肉，其实只是几根残留的肉骨头。丰腴油亮的腊肉经历菜刀的反复切割，早已变成表面漆黑的嶙峋状骨头。取下骨头，母亲用热水反复清洗干净，用斧头斫成数段，放入鼎罐。倒入适量井水，大火沸腾，中火焖煮。这个时间段里，母亲爬上楼，从陶缸里取出黄豆，清洗后放入鼎罐，与骨头同煮。火气的催化，使得骨髓渐渐渗透出来，融入汤水；黄豆大口大口吸收浓郁的汤水，逐渐膨胀。火候一到，母亲熄了火，让黄豆和骨头在余热里继续酝酿、加深感情。炒完其他菜，母亲用热油爆炒蒜子、干辣椒，把鼎罐内的汤水倒在锅里，连同骨头、黄豆，沸腾几分钟，淡了加点盐,咸了添点水,再盛上桌,这叫"回锅"。这样,腊肉骨头炖黄豆就大功告成。

开饭了。孩子先挑有肉的骨头,稍加啃食便丢弃在桌上(颇像"食鸡肋者"),然后把黄豆掺入米饭,大口地吞咽。喝酒的父亲摇了摇头,说:"这样太浪费了。"他拿来铁锤小心捶开,里面的骨髓清晰可见。父亲伸入筷子,像锄土一样钩出来,放在碗里让我们吃。他则用嘴吮吸骨缝里残留的骨髓,每吸到一小口,总要美滋滋地呷上一口水酒。消灭骨头后,父亲又打起黄豆的主意,一粒粒的黄豆被上上下下的筷子夹入口中,经过细嚼慢咽,混合着酒水进入胃里。

在父亲眼中,历经腊肉骨头与沸水淬炼后的黄豆,就是最好的下酒菜。汪曾祺认为:家常酒菜,一要有点新意,二要省钱,三要

猪脚炖黄豆

腊肉骨头　　　　　　　　　黄豆

省事。不论是猪脚中的黄豆,还是腊肉骨头中的黄豆,都兼具这三点。尤其是第二点——省钱,在它的一生里得到很好的诠释。

黄豆在大豆家族里,属于庞大的一支。它在青春年少时叫"毛豆",年老力衰时称"黄豆"。黄豆生命力极强,不论是田间地头,还是荒野山坡,只要入土就可扎根生长。它耐旱,不求肥沃,只需土壤,是很好的经济作物。不管是以前,还是现在,人们对毛豆的偏爱远高于黄豆。毛豆嫩绿,甘甜可口;黄豆珠黄,若是爆炒,咀嚼费力,枯燥无味。我上初中时,经常带的菜就是黄豆炒干辣椒,难以吞咽,不好下饭。参加工作后,每看到炒黄豆就避而远之。

然而,猪脚炖黄豆(抑或骨头炖黄豆)却是一个创举。它不但将黄豆的劣势有效掩盖,而且充分发挥它的优势。尽管年少时很少吃到,现在由于尿酸高怕品尝,我却打心眼里为这道菜点赞!

五千多年来,大豆一直陪伴着中国人民。以前称之为"菽",

与稻、黍、稷、麦合称"五谷"。可以这样断言，没有"五谷"，人类的生存将何其艰辛！大豆对人类最大的贡献就是能做各种豆制品，譬如豆腐。以前的农村，基本上都有做豆腐的人家。每天清晨，总有"卖豆腐呢！卖豆腐呢！"的叫卖声在上空飘荡。花上两三毛钱，就能买到一碗水嫩的豆腐。青椒炒豆腐、红烧豆腐，至今还是备受欢迎的家常菜。在难以吃到肉的年代，豆腐和蛋就是最好吃、最实惠的营养来源。有人认为，没有豆腐，中国人民的生活将会缺一大块。窃以为如是。

　　如果一个人有前世今生，是否一道菜也有呢？在猪脚炖黄豆这道菜里，我仿佛看到了命运的无常：某个时期，它无限风光；又某个时期，它黯然退场。

扫码看视频

红红火火薯粉丝

清明谷雨，种芋栽薯。

不管时间怎样变化，村庄里的番薯从来不会错过节气。菜园里的薯秧已经长得很茂盛了，像丰满的绵羊，只等着人们来剪它们的"羊毛"。印象中，母亲将长势蓬勃的薯藤一根根摘下来，绑成一捆搬到家里，再用剪刀将其剪成一节一节，每一节薯秧仅留下一两柄叶子。土地是现成的，大多开垦在向阳的山坡上，用不着将土坷垃敲得粉碎，也不需要将土畦推得四平八稳，只要将土畦粗略地整饬一下就行。母亲用锄头挖出一行行的小埯，将薯秧插入地里，撒点肥料。土地将是薯秧生长梦想的温床。

薯秧被妥妥帖帖地插在土埯里，就像站成方阵的啦啦队，热情地举起一面面生动的旗帜。而在它的地下，正酝酿着一个朴素的梦……

秋天时分，霜已经降过一遍了，寒气里，番薯的糖分开始分泌，转眼就到了挖薯的最佳时候。扒开薯藤，找准薯根，两三锄头下去，番薯就喜不自胜地跃然于前。通常，一根纤弱的薯藤上总是结满了许多活蹦乱跳的番薯，大的、小的、椭圆的、块状的，像一个人丁兴旺的家族，它们是我们劳动最诚实的回馈。如果能够有幸挖到四五斤重一个的番薯，那就是丰收时的锦上添花了。

记忆里，吃得最多的是番薯熬米饭，它年复一年地温暖着我们饥饿的胃，赐给了我们生命源源不断的能量。不过，最让我难忘的是母亲做的红薯粉丝。

冬日，家家户户进入冬闲时节，但是，村里的女人们依旧忙碌，她们正计划磨薯粉。做薯粉并不轻松，将番薯洗净，磨碎，过滤，兑浆，摇浆，起粉，干燥，这是她们制作红薯淀粉的全部工序，每一步都伴随欢快的笑声，那些笑声将冬天的单调与寒意一一驱散。

大人们通常先磨浆，再用一个大纱布袋来摇浆，感觉像做豆腐。滤去番薯渣质，精华即呈现。那些淀粉慢慢析出，这是一天劳动的成果。沉淀一夜后，淀粉凝固呈块状，这就是红薯淀粉。接下来才是做红薯粉丝。

红薯

薯粉沉淀

干薯粉丝

煮红薯粉丝

  我至今仍记得红薯粉丝制作的全过程。先在一个盆里，用清泉水将红薯粉调成糊，烧半锅热水，然后将调好的红薯糊倒入沸腾的热水中，调匀，这叫芡。再用这一锅的芡来和面粉，然后不断地搅拌，得拿捏好时间，时间的长短与火的大小都将影响红薯粉丝的口感；再用一根棒子深入芡里，芡沾在棒子上，像糨糊一样黏黏的，此时，通过观察判断芡的稠度，根据芡的稠度加入红薯粉，又不断地搅拌，直至红薯粉黏接成团，并具有一定的黏性和较好的延展性。这是红薯粉丝制作的关键一步。

  接着，将粉团放入凉水冷却，就成型了，捞起，切成丝状，摊放在院子里的竹竿上，搭匀，晾干。等晾干后再拿去晒，红薯粉丝尽情地吮吸着冬日里的每一道阳光。此时，冬季的阳光不浓不淡，不愠不烈，对于晒红薯粉丝真是恰到好处，它最大限度地保持了红薯粉丝本真的味道。

美味值得等待，历经三天，就大功告成了。炒菜的时候，得先用温水浸上几个小时，切莫为了快速而选用热水浸泡，这样，它的风味就会大打折扣。切记，一切急躁的行为都是对美食的怠慢！

一道菜从地里到厨房再到餐桌要经历一个相当繁复的过程，也许正是这些耗时耗力的纯手工过程，才保证了它们的原汁原味。因为每一根粉丝都凝聚着一个人的良好用心和满满诚意。在我们村里，小孩的满月礼上，升学宴上，年轻人的婚礼上，红薯粉丝是菜单上必备的。红薯粉丝通常久煮不烂，吃起来清香劲道，寓意着红红火火、长长久久。即便是在节日里，这也往往是菜单上的首选。粉丝里佐以葱、姜、干辣椒，好看又好吃，大家吃得哧溜哧溜的，像欢快的乐曲，喜悦里有着对生活的感恩与知足，仿佛吃过了红薯粉丝，生活才算是安安稳稳了。

除了红薯粉丝，还有薯条、薯片……一个普通而简单的番薯，被智慧的人们演绎得五花八门、有款有型，乡亲们用自己的想象把它吃得丰富多彩。番薯行事低调，如一位母亲一样寡言少语，却默默地用其肥硕的身子滋养一个村庄的前世今生。

扫码看视频

青椒萝卜干

永新人喜欢吃辣椒，可谓无辣不欢。在没有大棚菜的岁月里，辣椒属于季节菜，要到夏天才可以吃到新鲜的辣椒。夏天太阳毒辣，人的胃口也大受影响，青椒萝卜干是永新人青睐的一道下饭菜。

永新人种菜，谁家的菜园里少得了辣椒？每到初夏，碧翠的辣椒开始冒出尖细的小身段。随着温度慢慢升高，辣椒越来越大，越来越长，一个个精神十足地垂挂着，雄赳赳，气昂昂。永新人吃青辣椒喜欢"爆"着吃。爆青椒炒泥鳅、爆青椒炒鸡蛋、爆青椒炒黄豆、爆青椒炒萝卜干等等。永新人擅长种萝卜，"冬吃萝卜夏吃姜"，这是本地人津津乐道的俗语。每年冬天，大白萝卜在泥土里酣然成熟，等待乡人拔取去晒萝卜干。酱萝卜需要大量的萝卜干做原料。冬天将萝卜干晒好密封，到了夏天，大部分取出来晒酱萝卜，剩下的留着做菜吃。

老家位于禾水河上游，村庄对岸有一片宽阔的土地——五马洲，自古以来，村里人在这块沙洲上春种棉花秋种萝卜。人民公社时,社员们成群结队在五马洲上种萝卜,他们头戴统一购置的草帽,脖围白毛巾,在金色的秋阳照射下,分外耀眼。每年春节前后,村民们到沙洲上收萝卜,萝卜统一交给合作社晒干,由合作社加工成萝卜干,大部分用车子装到县城去销售,剩余的分给村民做菜吃,借以度过艰难的五月"三荒"。老家的大萝卜远近闻名,老家人因此被邻近乡民戏称"佬雾菜"(萝卜菜的意思)。旧时老家流传一句俗语:"佬雾菜佬雾菜蒜嘞,天光卖到暗呐。"形容那时候山里人日子的艰辛。这种大萝卜晒的萝卜干格外甜,肉质肥厚,不干瘪,用一把青椒爆炒下去,令人胃口大开。

汪曾祺在文章中写他高邮的萝卜很小,不过是"粗如小儿臂膀而已"。永新人种的白萝卜,白白胖胖,甜脆多汁。无论是炒片、切丝、煲汤,腌盐晒萝卜干,都是上好的食材。

青椒萝卜干

小时候农忙时，我家有送饭的习惯。天蒙蒙亮，母亲就带着我们赶往田里割稻谷，然后她又匆匆回家，做好饭菜用篮子提着送到田间。记忆深处，一家人坐在杂草丛生的田埂上，每个人端着一碗饭，就着篮子里带的青椒萝卜干、青椒豆腐或豆角茄子大口扒饭。青椒萝卜干下饭，带菜时往往必不可少，饥肠辘辘时，真觉得这道菜特别香。辣椒辣得口舌嘬吸，鼻涕吸溜，操起老式军用水壶大口大口喝水。那时候草木繁茂，蝉鸣鼎沸，青草夹岸的溪流穿过田野，一块块稻田将丰盈的金黄铺展开来，不远处，满目披翠的龙凤山绵延不绝。萝卜干和辣椒的味道，需要吹很久很久的凉风，才可以平息下来。

读中学时，班上很多学生是乡下的，平时住校，周末回家大都会带一大瓶萝卜干去学校当伙食。每次用餐从菜瓶里扒出一些萝卜干，饭是热的，萝卜干是冷的，一日三餐连续吃。常常一瓶萝卜干要吃一个星期，直到下个周末回家换洗衣服，再带一瓶新炒的萝卜干去学校。我舅舅是早期江西医学院的大学生，如今已是八十多岁的老人。山区农家子弟，为了能上大学，一个人来到县城中学住校读书，每个周末都要走路回家带米和萝卜干。那时候，没有班车，没有摩托车，贫瘠岁月里，自行车都是奢侈品。外婆家远在乌石山，往往要走上一整天的路，住一夜，第二天舅舅又要背着一袋米和一瓶萝卜干再返回永新中学。从夏到冬，从春到秋，无数个寒暑叠加在一起，便成了悠长辛涩的岁月。远去的艰苦日子有一股寒洌之气,更有一种内在的精神气在老区人民的心里回荡。眼里有光,心中有梦想,再苦的日子也能熬过去。那一瓶瓶看似厚朴粗拙、苍老干瘪的萝卜干,滋养着毅力顽强的舅舅考上大学。在永新,无数个寒门学子曾经像舅舅那样,靠着一瓶一瓶萝卜干寒窗苦读,一步一步走出小山村,走向世界。

晒萝卜干

如今永新人步入小康生活,家家户户餐桌上的菜肴丰富多样,青椒萝卜干这道菜却并没有受到龙虾、鲍鱼的威胁而退避三舍,依旧是永新人钟爱的一道下饭菜。在餐馆吃饭时,经常看见有人酒喝得差不多时呼叫着服务员加一道菜:"来一盘青椒萝卜干,好送饭。"永新人的胃,会自动向这道质朴至极的家常菜服帖,仿佛只有它,可以拯救被鸡鸭鱼肉等过多油水荼毒的胃。世间朴实无华的,反而大多是好东西。几根青椒,一把萝卜干,怎么搭配,好像都显得一股贫寒气,但在永新人眼里,这道菜最具有自然气、烟火气,底蕴里饱含着深深扎根于泥土的原始气息。青椒的爆辣,萝卜干的脆香,都是生猛又直白的味道,像极了山里人的脾性,浑然天成,不事雕琢。

在永新,几乎每一个家庭主妇都擅长晒萝卜干。八十多岁的婆婆还在坚持晒萝卜干,她自己种萝卜晒萝卜。老人家根本吃不动萝卜干了,她晒这么多萝卜干,只是为了让儿女们离开家时,个个能带一大包回去吃。老人家颤悠悠挑着箩筐去晒场,来来回回承受扁担压在肩上的痛感。将一块一块萝卜摊开来晒,日落西山,又去晒场一块一块收回箩筐,挑回去将萝卜压紧,第二天接着晒,不厌其烦。

那些离开故土的人,离开家乡时,母亲们都会包一袋萝卜干塞给儿女带走。他乡的青椒不如家中老母亲种的辣椒青葱碧翠,辣爽可口,但是老母亲晒的萝卜干,足以唤醒每一个游子热辣辣的乡愁,尝一口青椒萝卜干,眼泪都会忍不住滚落下来。舌尖上有最顽固的乡愁。这一把平淡无奇的萝卜干啊,永远呼唤迷失在灯红酒绿中的胃,再昂贵的鱼翅燕窝,怎比得上家乡的青椒萝卜干这道"乡土硬菜"。这是妈妈的味道,经久不衰,永远垂钓着游子思念的味蕾。谁的后备箱里,没有塞过妈妈晒的萝卜干?坐在火车的座位上,或者握着方向盘,想着残留着母亲手指温度的那包萝卜干,旧日光阴倏忽犹回。想一想在老家日渐苍老得干皱巴巴的父母,谁的眼泪没有打湿过行囊?

无论走多远的路,一盘青椒萝卜干,足以打败所有珍馐美馔,独霸乡愁的鳌头,质朴又珍贵。它们已嵌入永新人的血液里,扎根在永新人的日常生活中。尤其是那些背井离乡的人,无论何时想起,都会心绪激荡,简直馋得要大哭一场!

扫码看视频

冬笋炒腊肉

永新人爱吃笋。春笋炒酸菜,冬笋炒腊肉。春笋鲜嫩,冬笋则味更美。

谈及食笋历史,可以追溯到《诗经·大雅》所记载的"其肴维何,炰鳖鲜鱼,其蔌维何,维笋及蒲"。自古以来,笋就一直倍受历朝历代文人和美食家们的推崇。据说,唐朝设有专门管理种竹的官员。春笋的嫩鲜和爽脆得自天成。所谓"尝鲜无不道春笋",连唐太宗都很喜欢吃春笋,每春笋上市,总要召集群臣大品"笋宴",并以笋来象征国事昌盛,比喻大唐天下人才辈出,犹如"雨后春笋"。冬笋不生在地面,是立冬前后毛竹的地下茎侧芽发育而成的笋芽,埋在土里,需要挖出来。冬笋壳薄肉嫩,肉色乳白,笋质鲜美,口感厚实。

冬笋好吃,取之却不易。楠竹笋是不能随便挖掘的,一根笋就是一棵挺拔的楠竹。靠山吃山的山区人,不仅仅懂得吃笋的美味,更要懂得保护毛竹繁殖的重要性。不能因为贪婪,随意举起锄头,

冬笋炒腊肉

恣意刨取美味。锄头胡乱刨取，很有可能伤及林地。冬笋因其深藏土中，如随意挖掘，会损伤竹的根系，农家也是不轻易采掘，因而珍贵。说起口味与品质，冬笋比春笋鲜嫩细滑，属于山珍，价格往往是春笋的两三倍。

冬笋炒腊肉，是永新人正月待客的一道珍贵的菜。家养的土猪肉，年前杀了，大多会用来做腊肉。山里人熏的腊肉，无比香，味醇美。被清人李渔称为"素食第一品"的嫩白笋片，配上新鲜出炉的腊肉，简直是"金风玉露一相逢，便胜却人间无数"。腊肉霸道的香味一探头，也被裹挟着一派天然之气的笋适时调和。笋的鲜味被肉香渗透，肉的熏香被笋的鲜汁稀释，笋有肉味，肉有笋鲜，相得益彰，灵魂各自得到升华。难怪杜甫一遇到笋，"青青竹笋迎船出，日日江鱼入馔来"，诗兴无端清灵激荡。苏东坡初到黄州就吟出"长江绕郭知鱼美，好竹连山觉笋香"之句，后有名句"宁可食无肉，不可居无竹。无肉令人瘦，无竹令人俗"。作为地道的永新人,笋是记忆里最家常便饭的菜,一年四季,绵延不绝。春有春笋,冬有冬笋。

笋为何物?毛竹而已。永新山岭最不缺毛竹,浩浩荡荡的毛竹,波澜壮阔,占据着无数个山头,曾经是"星星之火,可以燎原"时的天然美味,给予过艰苦岁月里的战士们甘甜的滋养。寒冬腊月,永新人的冬笋炒腊肉,勾起了多少人的悠悠怀想。美食承载了乡愁最原始的使命,美食也是乡愁的某种载体,无限延伸,值得深度挖掘它的渊源、历史和传承。

"高山笋不忧。"味美鲜嫩的笋,总是如玉一般深藏在高山里。土壤下野生奔放的生命,总有一股迫切的破土力量,等待长成碧翠的竹子,也等待有缘人挖掘,成为桌上美餐。笋富含膳食纤维、蛋白质、氨基酸、维生素和矿物质等营养成分。竹笋不仅可餐,还有不少药用价值。《本草纲目》载:"绿笋味甘,无毒,主消渴,利水益气,化热消痰爽胃,可久食。"可见,这竹之幼芽,笋,可药亦可入盘。

挖笋

浙江人喜欢用笋做"腌笃鲜"，缱绻缠绵的菜名有着江南水乡的气质。北方竹子少，冬笋大多是南方运过去的，相当珍贵，北方人喜欢吃"炒二冬"，"二冬"即冬笋和冬菇。还有虾子烧冬笋、火腿煨冬笋等都是餐馆里的上等名菜。在盛产毛竹的山区永新，笋，真的很寻常。冬笋简直是疯了一般到处乱窜，深山老岭，山坡丘陵，田畈野地，村庄街巷，随处可见。立冬前后，竹鞭的侧芽到处蠢蠢欲动，伺机而伏。想吃一顿冬笋炒腊肉，不算太难。

笋的外衣不甚美观，邋里邋遢沾着黄泥，内里却是白皙、水灵的。笋的做法是八仙过海，各显神通。其味之鲜美，用黄庭坚的文字来形容最为恰切："甘脆惬当，温润缜密。"山里人做菜没有多余的心思，对待食材率真而直白。永新人很少用冬笋蒸什么，煮什么，冬笋炒腊肉几乎是永新人食笋的固定思维。腊肉被热油煸得香喷喷，洁白轻盈的笋片拌炒其中，荤素同烧，香气飘在鼻尖，口水已经在腹腔里载浮载沉。想那袁枚的《随园食单》，说什么笋脯、天目笋、玉兰片、素火腿、人生笋、笋油等等劳什子，哪里有山里人直白的菜名冬笋炒腊肉这般"根正苗红"。富贵人家喜欢整一些花里胡哨的菜名，又说玉兰片，又说素火腿，让人云里雾里不知所云，根本感觉不到菜的本源。笋就是笋，剥了笋衣就是鲜嫩肉身，脆奔奔的，清气含芳，品质高洁。一只笋就是一竿竹。笋衣老了就叫"箨"，箨脱落了，笋就变成竹子。竹子的青皮叫筤。要吃到鲜嫩的冬笋，要赶巧，要赶早。霜来了，笋闷不吭声干大事，在泥土

底下秘密行动。除了泥土,它谁也不告诉,削尖脑袋一股劲往上涌,往外冒尖。

每年霜降自立春前,是吃冬笋的上好时节。每次赶上季节吃到冬笋炒腊肉,鲜嫩之味自唇而入,一跃舌尖,咀嚼几下,脆嫩的汁甜迅速弥漫开来,裹挟着煸炒得香糯的腊肉味,仿佛自己又回到禾山脚下茂密竹林包围的老家,山野气息涤荡肺腑。那漫山遍野的毛竹啊,庇佑过可以燎原的星星之火,更滋养过山区人民单薄贫寒的胃。

取腊肉

每一种食物都是有生命的,它包含着记忆和情绪。但凡生命都有性格,或温柔,或彪悍,或内敛,或外向。笋象征着高洁、纯洁、清廉,不仅是一道美食,更是一种雅食。山野之笋,自有静气,压得住油荤的浮躁,守得住山野的原始气味,守得住初心,于光怪陆离的人世间,让热爱它的人们,不至于迷失味觉的方向。冬笋和腊肉携手涅槃,谱写永新乡土菜肴的经典传奇。

扫码看视频

头牌酱萝卜老鸭汤

天下佳肴无数种，酱萝卜老鸭汤却是永新人的经典美食。永新酱萝卜不敢说驰名天下，誉满中华，但对于永新人来说，酱萝卜、酱姜和陈皮，那是令人自豪的家乡土特产。酱萝卜老鸭汤，更是每一个永新人念念不忘的家乡美食，可谓永新菜肴里的精髓。

酱萝卜老鸭汤的做法很讲究，不能用当年的嫩母鸭，一般采用至少三年的老母鸭。将老母鸭宰杀的过程，也很讲究细节。杀鸭子时尽量放尽鸭血，新鲜的鸭血滴入碗中凝固，以备煲汤时用。然后将老母鸭拔毛去腥，拾掇干净，要切掉鸭屁股，最好也除去鸭子的脊骨，这样可以减轻鸭肉的腥臊之味，然后将鸭子切块。

酱萝卜切片。酱萝卜是这道菜的关键调味料，可谓老母鸭的灵魂伴侣。《本草纲目》载："鸭肉，填骨髓、长肌肉、生津血、补五脏。"而永新酱萝卜内含人体所需的多种氨基酸和维生素，健胃消食，滋阴润肺，生津利尿，补肾强心，消暑止渴。二者互相渗透，紧密胶合，融会贯通，互通精髓。酱萝卜遇上老母鸭，是佳偶天成，绝配。两相激发，煨出的汤味鲜滑腴，色香味绝配，成就永新特色顶尖经典之味。千百年来，一直被永新人奉为养生法宝，待客必备之汤，与世世代代永新人的生活筋骨相连，相亲相爱。

整道汤，有了酱萝卜的助攻，汤味"如虎添翼"，无须添加盐或其他调料。其味甘甜鲜美，浓郁滋补。

酱萝卜老鸭汤

不能用太咸、太硬或太柴的酱萝卜，要用当年新酱成的酱萝卜，咸淡适宜，口感偏甜，表层渗出晶莹绵密的隐隐细沙。说起酱萝卜，永新人格外地自豪。永新酱萝卜的传统工艺可追溯到东汉前期，距今有两千多年历史。大唐歌女许和子曾经将家乡特产带到长安，深受宫廷欢迎。酱萝卜煨老鸭汤是陈毅元帅生前特别喜爱的佳肴，1984年这道菜入选人民大会堂国宴。2021年，被列为江西省第二批非物质文化遗产项目。

在旧时永新，几乎家家户户都会自制酱萝卜、酱姜、晒橙皮。小时候，每年农历七八月，母亲会忙着晒酱姜和酱萝卜。先要起酱，把糯米蒸熟，然后让它长出有益的生物霉菌，用洁净的深井水调水后在炽烈的阳光下曝晒5至7天，形成浓香深甜的酱，然后把腌制好的咸萝卜和酱一起曝晒制作。蒸糯米制酱是重要的环节，酱甜不甜就看作酱人的手艺精不精。酱品表层有一层像发了霉的疏松细腻的白砂，这是酱萝卜特有的生物酶糖。酱萝卜加工的过程严格讲究清洁卫生。木甑一定要清洗干净，木甑的缝隙也要刷得彻底洁净。永新地处山区，本地农户种出的萝卜水分足，津甜，爽脆，有"小人参"之称。用这种酱做出酱姜或酱萝卜，津甜可口。晒酱是个繁重的体力活，每天早晚要将好几个沉重的团箕和酱钵端进端出，烦琐且费力气。

酱萝卜老鸭汤的烹饪过程倒也不复杂，但需要十足的耐心。做这道汤最好选用瓦罐或砂钵，若家里没有这些设备或时间紧张，

一个高压锅也能速成此汤，只不过口感略微次之，整体不失鲜美甘甜。起锅热油，将鸭肉用茶油煸炒喷香，这个过程一是提升鸭肉的香味，二是进一步去腥。将炒好的鸭肉放入瓦罐或砂钵，加适量的水，先大火急攻，紧接着小火煨制。慢火细煨，时间越久，汤的味道越是鲜醇浓厚，鸭肉也越酥透细腻。放入切好的酱萝卜，快火烧旺滚熟，慢火细炖三个小时左右，放入鸭血，再炖十五分钟，一道营养丰富、香味四溢、可口美味的老鸭汤完美出炉，香气钻骨入髓。

时光流转，酱萝卜老鸭汤永远是永新美食的头牌汤，地位永固。酱萝卜老鸭汤的平民姿态，决定了它

准备酱萝卜

深入人心不可撼动的霸主地位。一篇好文章，底蕴大多是朴素的，平常的，气韵自然。汤味亦是如此。家乡的这道头牌汤是酱萝卜和老母鸭浑然天成的结合，底蕴朴素，带着纯天然的乡野气息，兼容海纳百川的秉性。

在永新做客，主人家若没有准备一道酱萝卜老鸭汤，显得不够体面。永新人对酱萝卜老鸭汤的青睐，是骨子里的喜爱。我读书时住在城西老火车站对面的武功坛，过二机厂小学外面的那座底下通火车的石桥，前行右转，山坡下开了一家老鸭汤店。记忆里，那家店门口经常停满车子，所谓"酒香不怕巷子深"，就算这家店开在僻静的城郊，食客们仍然络绎不绝地寻访过来饱餐一顿老鸭汤。每次放学回家，闻到店里飘出的酱萝卜老鸭汤香味，顿时饥肠辘辘，魂都被勾走，垂涎欲滴。可惜那时候父母工资微薄，吃不起这种高档餐馆的鲜美鸭汤。但隐藏在记忆深处的细节，就像鱼钩一样，把有关酱萝卜老鸭汤的回忆一点一点钓出来，引出沁入灵魂的味道。潜藏在记忆深处的香味，是难以忘怀的经典隐味。

记忆里的味道，犹如每个人的籍贯一样，生来就无以改变，永远真挚无言。就算喝过无数道山珍海味热汤，也不及那个一灯如豆的年代里，母亲柴火灶土砂钵亲手煨的那一钵酱萝卜老鸭汤。那种驻扎在胃囊肺腑里的回味，拥有穿透岁月的力量，无一可比的香，时而让忙忙碌碌的生活浮现一丝亮色。

扫码看视频

栗子豆腐

苦槠豆腐，乡音又叫栗子豆腐。苦槠豆腐被评为江西名菜，获得过金奖。永新人更是将这道菜视为舌尖上销魂的美食。本地餐馆主打菜之一。

豆腐历来备受美食家追捧，做法层出不穷。苏轼一肚子不合时宜，却对美食，有着极为清新雅正的情致，默契相戚。昔时东坡贬至黄州，曾亲自操勺，首创素食菜肴"东坡豆腐"，汁浓味美，质嫩色艳，鲜香味醇。《山家清供》里记录东坡豆腐的做法："豆腐，葱油煎，用研榧子一二十枚，和酱料同煮。又方，纯以酒煮。俱有益也。"陆游曾记载，东坡好吃蜜饯豆腐面筋。宋人吴自牧作《梦粱录》二十卷，记录南宋都城临安风貌，就提到，"又有卖菜羹店，兼卖煎豆腐"。袁枚的《随园食单》里，对豆腐的做法有着言简意赅而精美丰盛的描述。

古往今来豆腐做法千万种，永新人喜爱的栗子豆腐，风味别具一格，清幽爽口。豆腐本是廉价物，永新人独辟蹊径，将栗子豆腐做出荤肉的香味。这道菜好在它的润与香，栗子豆腐将蒜末、干辣椒拌炒出的独特焦香味悉数吸尽，婉转于舌上，清新鲜润。一直很喜欢读周作人的《故乡的野菜》，他写故乡那些节俭清淡的菜，野菜、笋等。山区的孩子，都是被"节俭清淡的菜"滋养大的。永新人爱吃栗子豆腐，而且一往情深。

栗子豆腐除了好吃，也有它丰富的营养价值和药膳作用。苦槠富含淀粉、卵磷脂、黄酮、钙、铁、锌等营养成分。苦槠豆腐性味甘微寒，能补脾益胃、清热润燥、清凉泻火。

栗子豆腐是豆腐里的"孤绝隐士"，不是永新人，很难吃到正宗的口味。儿时经常去禾山脚下的外婆家，曾经跟随小姨娘去打野生苦槠子。长在山野的东西，大多终生无缘靠近人类和烟火，但总有一些机缘巧合，跋山涉水来到餐桌。这些贫瘠的野生果子，是往岁月纵深处慢慢探取的香，是人到中年之后捧在手上热乎的回忆。

苦槠树枝干高大，果实累累。苦槠子深棕黑色硬壳，圆形小果实。小姨娘站在树下拿木棍击打枝条，成熟的苦槠子纷纷落地。我负责将它们捡起来装进背篓。将它们带回家暴晒，晒至果壳裂开，取出果肉，长时间浸泡，然后磨浆、过滤、加热、冷固成块，切割，在一缸一缸清水里漂洗。经过一系列烦琐劳苦的工序，最后才得到这独特的苦槠豆腐。刚做好的苦槠豆腐散发着纯天然的香气，原生态加工的苦槠豆腐会有涩味，但这种涩味完全不影响口感，它们和热油、干辣椒、蒜末相遇，会激荡出意想不到的绝妙美味。现

苦槠

代工艺加工的苦槠豆腐,可以去除涩味,同时也就失去留在记忆深处醇正的口感了。

外祖母细脚伶仃,个小身子单薄。童年的记忆模糊又清晰,无数个大清早,具体日期漫漶,画面却至今无比清晰。天蒙蒙亮,睡眼蒙眬的我总会听见外祖母在厨房忙碌的细碎声响。她迈着伶仃小脚去村里的古井汲水,往返挑担,直至灌满厨房和豆腐坊的两个大水缸。等姨娘姨父醒了,一家人开始豆腐坊的忙碌。炊烟袅绕,豆香扑鼻。待我揉着惺忪的眼睛走出

栗子豆腐

老旧的小厢房，一板板洁白细嫩的白豆腐和赭褐的栗子豆腐整齐摆放在豆腐架上。这个时候，祖母还在一缸水一缸水漂洗栗子豆腐，小姨娘和姨父早已拉着板车、挑着担出门卖豆腐了。

那时候市场上不流行卖苦槠子豆腐，一年难得有机会吃上几回。每次姨娘将做好的栗子豆腐送到家里来，母亲开心极了。锅里放热油，放入干辣椒和葱姜蒜末煸炒出香味，加入豆腐，翻炒，倒入生抽继续翻

炒，直至豆腐形状颜色发生明显的变化，像肉一般色泽诱人，散发豁然开朗的奇香，甚至有一丝丝缥缈的药香，其味甚佳。在缺乏肉香的日子里，能够被母亲烧出荤味的栗子豆腐，滑入单薄的胃里，是温热的滋养，滚烫的满足。我相信，很多人心里最好的厨师，一定是在你儿时烹饪美食的母亲。母亲们都是最强缝纫师，把我们的日常生活，草木食色一针一针嵌入细节里，纹路清晰，针脚稳落，留给我们安贫乐道的煦暖回忆。

外祖母一辈子没有走出小山村，终年劳碌。她和那些农田、豆腐坊共煎熬挣扎。晚年的外祖母，骨瘦如柴，饱受病痛的折磨。一个寒冷的清晨，小姨娘早起打开卧室门准备去做豆腐，抬头看去，苍老的外婆永远沉寂在豆腐坊里。撕心裂肺的哭喊和泪水冲破简陋贫寒的豆腐坊，世上最好吃的豆腐终结在那个寒冬的晨曦里。一代人有一代人的含辛茹苦，劳作和挣扎，辛勤和努力；一代人又有一代人的坚韧不拔，更新和淘汰，新生和忘却。那些家喻户晓的美食，必定在民间经过无数次酸甜苦辣的辗转、打磨、洗礼和坚守，最终初心不改地一次次撞击我们的味蕾，谱写永不褪色的经典不朽。

如今市场上，苦槠豆腐随处可见，却难辨真假了。真正的苦槠豆腐要用清水反复漂洗，否则味涩得很，影响口感。但栗子豆腐无论经过多少道漂水，其色不退。善于处理待下锅的栗子豆腐，需要耐心和诀窍。任何一种美食，都要经过无数道细磨的功夫才能见其真味。高山遇见流水，才有知己一说。美食得遇到懂它们的食客，就算千辛万苦、跋山涉水，也会来到餐桌边，与你共销魂。栗子豆腐的口味，朴素直接，并无深文大义，它不过是最寻常的山野素菜，却有着来自僻静的从容不迫和不卑不亢，以沉沉静垂的清香，轻而易举博得家乡人的青睐和喜爱。

如《菜根谭》里说的那样："麦饭豆羹淡滋味，放箸处齿颊犹香。"携带着山野气息的栗子豆腐，自山岭跋涉而来，那独特的口感，着实可慰肺腑肝肠。

扫码看视频

豆子萝卜求学路

自从在离家七里路远的学校读初中住校，炒豆子就噩梦般地缠上了我。

学校食堂的师傅只为老师提供炒菜，学生可在厨房蒸饭，菜却只能自带。一般带一玻璃瓶吃三天，一周带两次。带来的菜放在寝室自己的木箱子里或教室自己的课桌抽屉里。到吃饭的时候，从食堂蒸饭架里取回饭盒来寝室或教室，取出玻璃瓶，拧开盖，拨拉出一小撮到饭面上，再拧上盖，放回去。坐着一口一口往嘴里填饭，填几口夹两粒豆子硬着头皮嚼，直嚼得牙巴骨酸痛才咽下去，有时得喝一口水才咽得下去。当然，这种经过细嚼的豆子还是会在舌齿间散发较浓烈的甜香味。但是，这只是第一天吃才有的感觉。到了第二、三天，就算没放一点水，豆子也会发软，就吃不出这种甜香味了。如果带了水，豆子就会泡发膨胀，嚼起来是省了力，但那种没滋没味的感觉让人绝望。什么叫味同嚼蜡？这种感觉最为准确。

干豆子的姐妹菜是咸萝卜。它们具有其他菜无可替代的同一

准备食材

种优点：不易变质。不管冷天热天，带水炒的菜，装在玻璃罐中最多只能吃两天，到第三天就会发出一种怪味，而干豆子、咸萝卜不会如此。两者的区别是吃干豆子费牙齿，吃咸萝卜易口干。相对而言，我更愿选择咸萝卜，虽然咸一点，但下饭快。有上山砍柴带饭团经验的人都知道，用一块小小咸萝卜就着山泉水能吃下近一斤重的饭团，而且颇为满足。带到学校吃的咸萝卜当然不会一整块，而是要切碎过油炒一炒，放些干辣椒，那味道比干豆子胜过许多。

偏偏父亲在农活上长于种豆而不善种萝卜。每年秋分后我家收的豆子比萝卜多。豆子又大又圆，装满好几个酒坛，而到冬至后晒萝卜时，比别人家的又小又少，别人家晒出来的咸萝卜绵软紧致带着咸甜香味，我家的呢，皱皱缩缩、黑不溜秋，盐又放得多，晒干后面上一层白花花的盐霜。这让我更加苦不堪言。

更可怕的是不知什么时候开始,牙齿常常出血,走路的时候两腿木木然迈不开步子,捋起裤脚才发现小腿处异常的光滑饱满,用手指一按,陷下去一个深深的窝。这可把我吓坏了,周末回家跟父亲说了,父亲也担心,就把我领到乡里的卫生院看医生。医生一问情况就明白了,说是缺乏维生素引起的,要多吃新鲜蔬菜。父亲长舒一口气,说:"孩子长期在学校吃干豆子咸萝卜,没办法呀!"医生同情地点了点头,说:"这种现象很普遍,不过不要紧,这里有维生素片,买一瓶吃吃就会好。"父亲买了一瓶,我吃了之后果然就好了。

三年初中求学路一晃而过,高中三年以每个月十元的生活费吃起了食堂,豆子萝卜的身影在我的生活中渐行渐远。成家以后,餐桌上几乎不再有豆子萝卜的位置。

多年前的某日,同村发小燕良自深圳回,约三五好友在他家餐叙。酒酣耳热之际,大家自然又把话题聚拢到那段艰难岁月的求学路。当说到用玻璃罐头瓶带豆子萝卜下饭的时候,大家的记忆如决堤之水,滔滔不绝,那悲壮之情宛如翻身做主贫农的忆苦思甜。说到慷慨处,燕良放下酒杯,回头冲厨房喊:"娘,家里有黄豆子咸萝卜吗?"听到一声"有"时,他即挽袖下厨,我毛遂自荐打下手。

燕良先把豆子放在水里泡上几分钟,泡豆子的时候,他把一块五花肉细细切成薄片,又切了几个干辣椒,拍了几瓣大蒜。把豆子

炒豆子

捞出搁网篮沥水备用，先把五花肉入锅，翻炒煎炸至金黄酥脆，再把大蒜、辣椒与五花肉同炒片刻即铲出，倒入豆子爆炒几分钟，加盐翻炒，加一小勺水化盐，最后把五花肉倒入，翻炒片刻即起锅装盘。一颗颗焦黄的豆子冒着油珠，我忍不住挖了一勺先尝为快，豆子松脆，五花肉酥香，加上大蒜、辣椒的刺激，那种味道竟如此美好！在我品尝豆子的时候，燕良又麻利地切好了咸萝卜，黑黄柔韧的咸萝卜被他切得又细又薄，用清水漂着，又切了半碗青辣椒碎。他把漂出盐味的萝卜丁入锅大火爆炒，再加入一把黑豆豉，最后放青辣椒碎又是一阵爆炒，整个厨房都充溢着浓烈的咸辣焦香。

当我俩把这两道菜端上桌时，众人欢呼雀跃，重整杯盘，大有添酒回灯重开宴之势。最后酒还没喝上几口，萝卜豆子却被大伙你一勺我一勺，转眼挖得精光。没想到，当年味同嚼蜡的干豆子、咸萝卜竟如此大受欢迎。

豆还是那把豆，萝卜还是那块萝卜，人也还是当年的人，为何会有如此截然不同的感觉？

谁能告诉我答案！

扫码看视频

"豆腐还是好吃的"

革命先驱瞿秋白牺牲前留下遗言：中国的豆腐也是很好吃的东西，世界第一。文人习气，可爱可敬，也足见豆腐这道菜对他人生的影响之深。

在我们永新，豆腐享有里巷村舍人家的"荤中之素，素中之荤"的美誉。我常听草根平民念叨："家常生活，豆腐子俚饭就不错了。"子，即蛋，把豆腐与蛋并举，可见豆腐的地位不低。

在古今中国文人的集子里，写豆腐的文字俯首即是。读朱自清先生的散文，很多都忘记了，但他写小时候家中吃火锅，豆腐在汤中翻滚，"像翻转的皮袍子"这个比喻却让我印象深刻。

入冬以后，"豆腐担子"是我家乡常见一景。所谓豆腐担子，即豆腐被挑着走村串巷吆喝着论块卖，而非如城市摆摊子论斤卖。做豆腐卖，只是一项副业，据卖豆腐的人说，单靠卖豆腐没钱赚，靠豆腐渣和酸水喂猪才是目的。一般人家栏中一两头猪，做豆腐人家养三四头，长得又快又肥。

干黄豆　泡黄豆　水板装豆花　整块大豆腐

  清早，有时还在被窝中，我只要一听见那熟悉的高腔在喊"卖豆腐喽!"就会条件反射般跳下床，到灶房中抓过舀水的瓢，跑到屋外喊一声:"买豆腐!"

  不一会儿，豆腐担子就到了跟前。豆腐一排一排躺在宽大的竹编豆腐篮里，胖乎乎，白嫩嫩，有时还冒着热气。几十年来，豆腐的价钱从五分钱一块涨到现在的五毛钱一块。看似贵了不少，但与猪肉价、房价比，豆腐还是便宜的。

127

豆腐不但便宜，而且真的好吃。好像有人不吃这不吃那，还没听说有不吃豆腐的。

说起来，豆腐真是素食中的谦谦君子。

它仪态沉静，洁白无瑕。因为它的生命经受多重磨难、煎熬、重压。一粒粒干硬溜圆的黄豆，吸饱了清水，在石磨的揉挤碾压下，化身乳白的豆液。经过一番沸水的滚翻煎煮，方成豆浆；细纱做成摇布，摇布呈吊床状挂在铁锅的上方钩子上，用铁勺舀取豆浆，注入摇布，轻摇慢晃，豆渣留住，豆浆回锅再煮，直至把豆渣滤得一干二净。豆浆中撒入适量熟石膏粉，大火煮沸，直至精华凝聚，慢慢成形，变成豆花，从水汽中露出姣好容颜，从千滚万沸的铁锅中舀出，平铺于水板中。水板是四方形木匣子，底上垫一块纱布，一般"一桌豆腐"分四块水板。豆花铺于水板中的纱布之上，厚厚的一层，刮平，纱布四边遮于其上，再盖上一块下面刻有小四方形格子的盖板，盖板与水板一样大小，盖下去严丝合缝，盖板上再加大石头重压。在大石头重压两三个小时后，豆花中的酸水滴沥而出，掀开盖板，揭去纱布，一整块带凹进田字纹路的大豆腐映入眼帘，取豆腐刀按纹路划开即是一块一块方形的豆腐。不算黄豆的生长，就单从浸泡黄豆到出豆腐，你看看要多少个程序？要费多少的手脚？其实豆腐并不难做，难就难在一般人耗不起这个时间，才让"豆腐担子"应运而生。所以，豆腐的出生，可谓历经千锤百炼，久经磨难，难怪它那么蕴藉风流，从容淡定，一副君子之相呢。

　　它神情淡远，含蓄包容。随着吆喝声，一块块豆腐从"豆腐担子"中分道扬镳，各奔东西，来到千家万户的灶头。等待它的命运因人家口味、喜好、用途不同而千差万别：煎、炒、煮、烹、炸、焖、拌、

豆腐

炖；麻、辣、甜、咸、酸、臭；辣椒、酱油、麻油、葱花、蒜末、花椒、大料……各种手法，各种味道，各种作料，都能在那几块豆腐身上找到用武之地，大显身手。它总如海纳百川，一概包容；如水润万物，无往不利。殷实人家红油肉末配上它，包你一家吃得数九天冒汗；清贫人家清水葱花配上它，不改其醇厚之味，不变其冰洁之姿。你烦它软白不耐嚼，尽可丢入油锅中让它变身为豆泡，把你家的五花肉、肥猪蹄油脂吸进去，变得无上妙味。你怪它无香无臭无法刺激你的味蕾，尽可让它躺在干稻草上，躲到抽屉里睡大觉，等长一层红黄菌丝，拌上红油、椒末、盐巴、烧酒，包你胃口大开，一餐吃光三碗饭。你怨它没嚼劲，招待客人不好下酒，尽可让它趴在余烬未熄的铁锅上，缓焙慢烘，它会变成酱干、豆干，细细切了，如你有汪曾祺老先生的厨艺，有林文月女史的雅兴，有唐鲁孙八旗子弟的排场，不妨把它与海蜇丝、芹菜丝一起拌匀，什么麻油、香醋、虾米一搅和，保你一箸入口，三秋难忘。作为一道菜，一道便宜得不能再便宜的菜，豆腐，它能让你称心如意至此程度，难道还不够君子之风吗？

它狷洁自爱，宁缺毋滥。家乡的"豆腐担子"只有冬天有，其他三季无。为什么？因为豆腐冰清玉洁，冬天天寒气清，井水澄澈，做出来的豆腐才又嫩又好保存，不易放坏。吃过夏天豆腐的人就知道，酸腐之气扑鼻而来，粗沙之味涩喉塞牙。完全失去冬天豆腐的滑嫩清香，莹腻适口。以前过年前，家家户户都要去做"一桌"豆腐来待客。民谣不是有"二十五，磨豆腐"之说吗？村中只有作圣哥家里有做豆腐的工具，所以家家排着队去他家做豆腐。磨声咿呀，人语喧哗，那个红火热闹的场面是无法忘记的。豆腐做好，搁在水桶中，用清冽的井水泡着，来了客人，随时取用，方便至极，极受欢迎，半月不坏。

我爱家乡水豆腐的醇美滋味，更爱它的纯洁品性。

扫码看视频

农家餐桌上的芋头

"饭面上蒸腊肉，甑底下烹芋俚"是当年乡间殷实人家的写照。腊肉不常有，芋头却易得。不适合种稻、种干作物的地块，如沙土地、低洼地，都被开垦成芋田。我们七溪岭脚下的秋溪垅，稻田如棋盘，芋田似玉盘，相互交错，相映成趣。清初大儒、临川人李绂来游梅田山，在石桥夏阳下了船，满眼"瓜畦芋区"，耳边陌上桑歌，一派欣欣向荣景象，可见永新农村种芋之普遍，自古有之，并非我乡独有。

种芋在农历谷雨前后。芋种是从上年收获的芋堆中挑选出来的。一个个头圆尾直，饱满光洁，搁在一个小布袋中，悬挂于屋梁之上，以防鼠咬，亦可免潮湿霉烂。待到谷雨时节，地气已暖，解开布袋，芋头萌发叫作"芋枪"的尖尖红嫩小芽。芋田开垦成数垅

芋子糊

芋床，芋床做成平行土丘，丘上种芋，丘下沟中施肥。肥需牛栏猪圈中的"牛粪"，即稻草为猪牛粪便沤腐之后的一种农家肥，用它种出的芋头才软糯好吃。

经过一冬休眠的芋种融入土肥气暖的芋床后，吸收到"牛粪"的养料，十余天便破土吐蘖，之后便基本上自生自长。芋田主人也知道芋头好种活，不必再管，只待夏至后再施一次"牛粪"（叫作"上芋堆"），就可坐等霜降后的收获。芋田不怕旱也不怕涝，因长得高，大叶子把阳光遮住了，芋床上连杂草也少见。

芋田的景致很美。天晴时芋叶碧绿碧绿的，下雨时雨点打在芋叶上，宛如大珠小珠落玉盘。雨后晶莹剔透的水珠在芋叶上滴溜溜乱转。小小的青蛙最爱在雨后蹲在芋叶上，一副"春来我不

刚挖出土的芋头

先开口,哪个虫儿敢作声"的威武气势。遍体通红的蜻蜓、碧青的蚱蜢等昆虫都把芋田当作乐园。夏天的芋田最好看。我乡无荷塘,当年初读朱自清的《荷塘月色》,我首先联想到的是河岭垅里的芋田。因为钓青蛙,最喜欢去芋田。芋田土肥带阴,各种虫子繁育其间,吸引了很多青黄花纹、体格健硕的"花青蛙",一钓竿下去就是一只。

当然芋田的最大贡献还是芋头。收获芋头的最佳时节是寒露后霜降前。俗谚"寒露连霜降,亲戚断交往",道出了这个季节农事的繁忙。割禾摘茶籽,挖芋挖番薯。晚禾迟了会脱粒,茶籽迟了会掉落,番薯、芋头迟了会沤烂在土里。所以一茬接一茬，忙个半月二十天。挖芋头相对轻松，一是种的面积小，二是土松好挖。选一个秋阳温煦的好天气，一家老小挑箩荷耙，向芋田杀去。当家的先用禾镰把芋叶割倒，打捆挑回村，晒在打谷场上，给猪做过冬草料。再用齿耙沿土丘挖芋，一挖一大串，芋根就是芋脑，有铅球那么大。让它们在土堆上把泥土晒干。老人小孩就蹲着把芋头、芋脑捏净泥土，归拢一堆，再转入箩筐，芋脑半筐，芋头一筐半，并做一担，半天工夫就收拾干净，当家的挑着，老人小孩跟着，一家老小喜滋滋地回家去。挖过的芋田总有些漏网之芋，一些老人小孩就提个竹篮，扛把钉耙，满垅转悠，专找这种芋田的漏网之芋，称为"捯芋"，收获归己，芋田主人不得干涉。

芋头的吃法，煮、炒、煨、蒸，诸般皆可。最家常的也是最简单的就是芋子糊。因其简单又好吃，乡间童子都会做。炊早饭时，芋子六七个放竹篮，浸入溪水中左转右旋再抖动几下，芋上的沙土即洗净。回家倒入杉木蒸饭甑下，饭熟芋也熟。捞出来置入凉水降温，待皮不烫手，捏住芋皮一掀，一股热气从光洁圆润的白玉胴体上袅袅而起。嘴馋不过，可以当即填入口中，又绵软又清甜。殷实人家有蘸着白砂糖吃的。据说，1979年，我母病重时，想念小时候吃过的芋头蘸白糖而不得，含恨而终。

芋子剥好，放入粗瓷大碗。切好葱花或蒜苗段、生姜丝、干辣椒段，锅烧热，放入几匙茶油。油渐热，推入干辣椒段，片刻即注入清水，水面上浮起一层浅黄的油花和红酥酥的干辣椒，把白芋头倒入油汤中，盖上锅盖。猛火快煮几分钟，揭锅盖，只见白芋头在红辣椒油汤中咕嘟咕嘟翻滚，用锅铲把它们捣碎，愈碎愈好，油汤渐渐变作芋糊。火越旺，咕嘟声越欢快，香气越浓烈，是时候推入切好的葱（蒜）、姜丝了。殷实人家有酱油、味精，添加一勺、几粒，就可以出锅了。倒入粗瓷大碗，那香气真可用"绕梁三日不绝"形容。烧过芋糊的锅先不忙洗，留在锅底那一层焦黄脆香的芋锅巴才算精

煮好的芋头

华。用锅铲细细刮铲，一丝不留，积少成多，铲起的芋锅巴在锅铲口上翻卷囤积，越来越厚，用手撮起送入口中，那股浓烈的芳香，脆、酥、辣，瞬间充盈口鼻！

吃芋头的时候，一般是天寒地冻打霜落雪的日子。屋外北风呼啸，屋内甑蒸白米饭刚熟，芋子糊刚出锅，屋里满是米饭氤氲之气和芋子糊的香辣味，不要其他菜，一餐能吃两大碗饭！

同样的白芋子，不捣成糊，而是一切四瓣做成芋子汤或切片切丝清炒，其味也醰醰，不输芋子糊。

农耕时代为打工经济取代后，乡间芋田绝迹久矣，但市面上却四季都有芋头卖，个大而质软，口感甚好，据说是温室培养的杂交芋。我多用来切块蒸米粉肉或切丝炒牛肉，曾经魂牵梦绕的芋子糊，不知为什么，倒是没做过。

现如今，反季节种植让传统的瓜果蔬菜神韵尽失，残留农药让人望而却步。我想，那深埋土壤中自生自长的芋头，至少是蔬菜王国中的一方净土吧。

佐餐妙品：盐菜泥鳅汤

晒盐菜

宋人范成大诗云："新筑场泥镜面平，家家打稻趁霜晴。笑歌声里轻雷动，一夜连枷响到明。"说的是秋收农家乐的场景。如果用来形容农家晒盐菜的乐趣，也很恰当。

立冬以后，秋收已罢，农活稍闲。园中地头蔬菜经霜后长势最盛。尤其是一种叫作"风菜"的，叶子宽大如芭蕉扇，叶柄厚实，又长又嫩。吃新鲜的，得先焯水，再切碎，炸几片干辣椒回锅脍一下，焦香脆嫩，但微苦，有味。风菜长得快，吃不完，就摘下来晒盐菜。

能干的农妇们找个霜晴的好日子，把风菜摘下洗净，一片一片摊晒在村里的晒谷坪上，或一片一片挂在竹篱笆上。每到这个时候，村里村外，园头地角，妇女小孩来回穿梭。大家笑语不断，忙忙碌碌，摘的摘，洗的洗，搬运的搬运。连饭桌高的小孩也知道用一根竹子串起几片大风菜叶子，一摇一晃地在路上走。村中晒地上、篱笆上，甚至牛栏灰屋的瓦顶上，到处都是碧绿的风菜。阳光暖洋洋，风菜绿莹莹，人心乐滋滋。天地人在此刻完美交融，滋生出一种醇厚如老酒的气氛，让有过这种经验的人难以忘怀。

晒上一天，风菜就半干了，第二天即剁碎，撒上盐，在团箕中用力揉压，直到变软，装入瓦坛子密封发酵。十来天以后，风菜就变成了"扎菜"。"扎菜"色泽明黄，味道酸甜，用来炒鸡蛋，很是下饭。但"扎菜"不易保存，开坛后容易霉烂，所以大多还是被晒干做成盐菜。

由"扎菜"变成盐菜，不需另费时力。只要把"扎菜"撒入团箕搁在牛栏灰屋的瓦顶上，早晒晚收，把加工过程悉数交给阳光和空气即行，无须添加任何东西。一般有三天好阳光的爱抚，娇气易变质的"扎菜"就成了另一副模样：黑红、干缩，其貌不扬，却通体散发出馥郁的香味，被农妇从团箕装入一只只瓦坛子。

捉泥鳅

我小时候，泥鳅是很多的。泥鳅虽多，要捉住它们却非易事。

惊蛰之后，泥鳅出水，每当夜临，田野中处处火笼闪动，那是照泥鳅的松柴火，燃在一个铁丝编成的网兜中，人提着贴近水面照。泥鳅于清水下静如处子，全然不觉危险的来临。照鳅人就迅速一火钳探下去一夹，十拿九稳，顺手丢入系在腰间的扁篓。运气好的话，几个小时下来，能照到好几斤泥鳅，而且多半是俗称"拐子鳅"的大家伙。

"㧅凼"捉泥鳅是在夏天。此时田中禾苗茂密，无法下手，只有在沟渠中想办法。最好的办法是戽凼，即选一段宽而水流平缓的沟渠，上下筑起小坝，截断水流，成为一个独立的"凼"，然后用一把破铁勺或破瓷钵，把凼中的水往外舀，称为"戽"。不一会儿，凼被戽干，那些泥鳅、鱼虾无处藏身，纷纷在烂泥地里乱窜，已成瓮中之鳖，手到擒来。不过，这活完全靠经验来选择筑"凼"之位置。选的地方好，收获满满，否则，白忙活一场，徒惹人耻笑。

麸药，即把油茶麸烧熟打成粉状装在水桶里，烧一锅滚水浸泡，提至已扬花的二晚稻田边。然后用铁勺装麸，混和田水往禾田中四处均匀泼撒。撒过麸，就在田岸阴凉处"打堆"，即每隔几步用田泥盘成一岛状土堆，用于喝了麸水、醉态可掬的泥鳅上堆昏睡，方便捉取。由于用麸药泥鳅只宜在晚禾扬花时节，所以也叫"药禾花泥鳅"。吃禾花长大的泥鳅肥美细嫩，可算珍品。

秋收之后，空荡荡的禾田中看上去只有干枯的稻茬，但眼睛尖、有经验的人走进去，就会从一个个不起眼的小洞里发现"鳅"机。凭洞的形状，洞口泥土的光滑与否，可以准确判断里面是泥鳅还是其他。如果是泥鳅洞（当然黄鳝洞更好），就蹲下来，先用小手指轻轻地挑，把洞口挑大后，再用食指抠，直到抠出一道光滑的地下隧道，隧道的终点，就见到一条盘头曲尾、睡得正香的泥鳅。它还来不及反抗，就乖乖地做了俘虏。

当泥鳅邂逅盐菜

泥鳅的做法各种各样，盐菜的用途也五花八门。我的记忆中，农历六月双抢季节是吃盐菜泥鳅汤最多,也最适宜的时候。

此时满村无闲人,割禾莳田力不能及的孩子,一项重要工作是捉泥鳅。捉到的泥鳅多的时候,就奢侈一把,用爆青椒加姜丝、蒜头炒,满满一碗,泥鳅青椒各一半,一人可分得两三条泥鳅。捉到的泥鳅少的时候,就用盐菜来打汤。先把干辣椒、大蒜子加盐菜炒香,加入两瓢水,用漏箕把活蹦乱跳的几条泥鳅倒入,盖上锅盖,大火猛烧。然后,你可以尽情想象让你费尽心机捉来的泥鳅在水中由悠游自在到浑身难受再到绝望挣扎的样子。据说,这样煮出来的盐菜泥鳅

盐菜泥鳅汤

汤,泥鳅滑嫩,菜汤鲜美。

　　猛火三通,水沸数遍,趁着白水汽蒸腾而上的时候,你就揭开锅盖。那锅汤水,已成浓浓的琥珀色!下锅前干黑皱缩的盐菜已片片舒展如蝉翼,入水前活蹦乱跳的泥鳅已条条煮透至肉烂,为盐菜色所浸染,成为诱人的酱色。更有红的辣椒、白的蒜头为它们点缀身份,浓郁的香味述说它们的终极价值。

　　已为炎天暑热煎熬得大失盐分水分和养分的人体,急需这道融汇了菜香肉香和蒜香的浓汤来补充!其他菜都是小里小气地装在各种土瓷碗中,只有这道汤,被主妇大气地用一个上着暗釉的棕色瓦钵装着端上来,大人小孩可敞开肚皮灌。

　　"盐菜歇暑气,泥鳅补元气。"男主人美美地喝完一碗后,总要说上这么一句。也许,他的人生,能在六月天的午饭桌上,喝上这么一碗汤,就已经很满足了。

扫码看视频

火煨青椒滋味长

人们常说，一方水土养一方人。一方人总有自己独特的饮食风格和饮食习惯。北方人偏咸，江浙沪爱甜，而云贵川湘渝等地多潮湿，那里的人们总喜欢在菜肴里放生姜，一日无姜便无滋味。地理环境不仅影响植物和动物的品种和形态，而且会影响一方人的口味。

生活在赣西的永新人，自古以来嗜辣如命。吃辣几乎是永新人与生俱来的秉性——平日里，饭餐里可以无肉腥，绝不能有辣椒。至于酒席，也是无辣不欢。辣是我们日常饮食里的灵魂。辣，是骨子里的东西，成了永新人的基因。也许，我们来到人世，吃的第一口母乳，便带有一丝咸咸的辣味。

每逢夏季，母亲的厨房里就多了一道菜——火煨青椒。它是日常菜式里的下里巴人，却是我的一份挚爱和牵挂。

我喜欢跟着母亲进入她的菜园——那是她的私人领地，青椒、豇豆、蕹菜、茄子全部长起来了，菜园里一片葳葳郁郁。一个普通的

火煨青椒

园子，承包了我们的一日三餐，在我们的日常生活里升起了袅袅炊烟。每隔一段时间，我会回乡一次，母亲便盘算着给我做一道火煨青椒，这也仿佛成了我回乡的动力。沿着菜畦窄窄的小径，我们俯下身子去挑，那些色泽鲜亮、皮肉饱满、个头壮实的青辣椒成为我们采摘的重点对象，因为它们的内在总是跟它们的外表一样诚实可靠。

回家时，掰掉青椒梗，在清水中洗干净。接着，用一根细长的茅草茎（学名"铁芒萁"）把青椒串成一串一串，整整齐齐的，像那种排箫，并不要用锡纸或树叶包裹，而是用火钳直接将其埋在滚烫的火灰里。此时，灶膛里的柴禾火光明明灭灭，只听到一阵阵啪啪的爆裂声，那是辣椒们欢快的歌声。约莫两三分钟后，将辣椒翻过到另一面，重新覆盖上火灰，大约也是两三分钟光景，这样，辣椒就基本上煨熟了。

母亲抓起那些煨熟的青椒,两手快速交替颠拍掉上面的柴火灰,直到完全干净。煨熟的青椒露出了新鲜的庐山面目,冒着热气,表皮上青中带黄、黄中带着焦,但焦而不糊,似虎皮斑纹,好看,好香,好诱人。母亲将青椒从茅茎上一一捋下来,放到一个敞口的大碗里,撒入洗净的生姜、蒜头和适量的食盐等,如果有香油,那就锦上添花了。接着,她翻转菜刀,直接用木刀柄将青椒、生姜、蒜头匀着力捣碎,不断地搅拌。如此再三,一道香辣美味的农家时鲜小菜就大功告成了。整个过程大约也就是抽一支烟的工夫。

一碗极具烟火气的火煨青椒出现在餐桌上,质朴,清晰,毫无造作,就是简单生活的最好表达。倘若有人问今天吃什么菜,我母亲就会大声地回答:"我们吃火煨青椒呢——"那声音的分贝提得高高的,全是喜悦之情。开饭时,望着它,口水就会禁不住流出来,我那些蛰伏在肚子里的馋虫开始涌动,泛滥成灾。一口白米饭

铁芒萁   细长青椒

下去,再佐以辣椒,我们的食欲便迅速地得到提振,心情也随之兴奋起来。一顿饭下来,我们吃得咂嘴咂舌,鼻涕横肆,真可谓痛快之极。那种辣,辣得地道,辣得舒坦,辣得酣畅淋漓!此时,什么山珍海味,什么烹犊炰羔,什么金浆玉醴,在它面前纷纷黯然失色。母亲本想让火煨青椒成为开胃小菜,可是一不小心,成了我们下饭的主菜。一份简单的饮食里,一道几乎只用盐不用油调味的火煨青椒,是如此地契合我们饥肠辘辘的胃。

世间佳肴千千万,火煨青椒滋味长。现在,每次回乡,一草一木,一炊一饮,一饭一蔬,都能牵动我的幽幽情怀,而餐桌上一盘简单的青蔬,唤起来的总是幸福的回忆。在人世间,我们的四方食事,有时不过一碗人间烟火。那一道让我们回味无穷的火煨青椒,取材自然,简洁朴素,凝结了平凡生活里的小幸福、小美好。

许多年后,时代更迭,人群聚散,母亲也走了,这道火煨青椒却从未在我们的生活里缺失。它倔强地活跃在我们的餐桌上,一年又一年,连接了一代又一代人的记忆。也许它不值一提,但是包含的情感却无比丰富。现在,每逢夏季来临、青椒挂满枝头的时候,我就会不由自主地牵挂起那道开胃小菜——火煨青椒。

那些酱制的时光

每一座城市、每一簇人群，通常都有着自己独特的"味道"，或是具有古老厚重的历史沉淀，或是具有时代特征的新鲜气质……

一千年前，永新人奇思妙想，把对世界的感知注入到了一份食物——酱。酱携着美意、带着憧憬，在人们的一餐一饮里走到了今天。

酱姜、酱萝卜、酱茄子、酱冬瓜、酱辣椒、酱丝瓜，生活里的美食，在一份酱里不断诞生。在那些酱制的日子，人们忙忙碌碌，却又自得其乐，充盈着岁月静好里的幸福与知足。

每年的5月至10月，永新县里田镇枧田村的人们都会开始一年的忙碌。这时，阳光慷慨地洒下大地，地里的生姜、萝卜也都已经有了美好的收获，大自然给予了人们一个最好的季节。每当这时，枧田村的村民就会迎来制作酱姜的高峰时期。人们洗姜、刮姜、晒姜，每天迎着朝阳，披着晚霞，不厌其烦地用钵、盆等容器装满酱，酱钵整整齐齐地安放在各家的屋顶上、院墙上、晒场里，一排排，一列列，到处是挨挨挤挤的。色泽浓褐的酱，在阳光下散发着醉人的香味。晒场上，酱钵显得气势恢宏，又美不胜收，仿若一幅色彩缤纷的山水画。

枧田村是一个古村，也是一个历史文化名村，毛泽东在《井冈山的斗争》中曾说，"暴动始于永新"，说的就是1927年曾经在这里发生的枧田农民暴动。枧田暴动是湘赣边界最早的农民暴动，有力地打击了国民党右派的嚣张气焰，振奋了永新人民的斗争情绪。枧田村同时也具有"千年酱村"之美誉。走进枧田村，一股浓郁的酱气息扑面而来，院子里、墙壁上、橱窗里，全是有关酱的文化元素。当地流行着一句话：一个酱钵大于一亩田。酱制品都给当地人民带来了丰厚的收入，枧田人在一份平凡的酱里获得了自信，获得了幸福。如今，制酱已经成为枧田村人的一种文化，一种产业，几乎家家户户都做起了这个行业，并从中获得收益。以至于当地有一种说法：一个村庄等于一个公司。制酱的过程是时间与耐心的考验，一代又一代枧田村民的专注与努力，保证了一种人间风味的代代相传。

孔子《论语》中记载："不得其酱，不食。"酱的历史大约在周朝就已经开始了。"早起开门七件事，柴米油盐酱醋茶"，酱已是我们中国每个家庭日常饮食的必需品。在永新，酱姜、酱萝卜等酱制品，与糖制品陈皮、蜜茄合称为"和子四珍"。据考证，"和子四珍"制作技艺在枧田村已流传千年。

相传"和子四珍"名字的由来，与一个传说有关。据唐末《乐府杂录》载，唐开元年间，永新民间歌手许和子奉诏入宫献艺。每次献艺，歌声激越悠扬，婉转绵长，深得唐明皇和杨贵妃的喜爱。一日，杨贵妃头昏，御医都束手无策。许和子听说后，用酱姜放在红红的木炭火上煨热，切成薄薄的一片，趁热贴在贵妃的太阳穴上炙焙。反复多次后，杨贵妃的头昏症竟消失了。唐明皇大喜，立即下旨，将永新的四种特色小吃封为朝廷贡品，并赐名"和子四珍"。动人的传说自然给"和子四珍"增添了神奇的色彩，但是传说归传说，它也从另一个方面证明了酱姜、酱萝卜等小食在永新有着悠久的历史。

自我记事起，每到盛夏时分，我的父母就围绕一份酱打转。他们种生姜、种萝卜，日复一日地围着酱姜、酱萝卜忙忙碌碌，那份

晒制酱萝卜

蜜茄

橙皮

　　劳动的热情从没有褪去过。这份刻骨铭心的记忆，让我对酱制品情有独钟。时至今天，我的日常饮食里，从来没有缺过它们的身影。

　　时光就像一张筛子，滤去了很多，最后留下的自是最纯粹的味道。在永新，枧田的酱姜最负盛名，远销全国各地，成为许多人舌尖上的美食。它吃起来甜香浓郁，微带咸辛，一经触舌，辄咽液徐来，津津入口，十分开胃。尤其在早上用以佐茶，令人身心愉悦，永新人有句话说："晨起吃酱姜，胜似喝参汤。"说的就是吃酱姜的妙处。作为一种绿色食品，酱姜不仅具有美的风味，又兼具一定的药理功能。酱姜，它沉淀了岁月精华，因地制宜，而又被人物尽其用。

酱姜

酱萝卜

至于橙皮，边色翠绿，脯如白玉，香气清幽，味甜爽口，具有开胃消食、养肝明目之功效。品茗之际，嚼它几片佐茶，不仅满口甜香，而且能通中导滞，调理脾胃，深受人们的青睐。而蜜茄，虽然跟酱没有直接的关系，但也是很多人的至爱。它得经过九蒸九晒，过程十分的繁复，是时间造就了这份美食。在永新，蜜茄很受大家的追捧，你看，春节待客，谁家的茶点里少得了它的倩影？

永新"和子四珍"是美食，更是一种悠久深厚的历史和文化的传承。

人们对自然的理解，都不着痕迹地投射在"和子四珍"食物上。平淡的食材，经过一双巧手和细密的心思，点亮日常，温暖彼此，更联结着一个群体的情感。如今，这种味道被牢固地锁在每一个永新人的记忆里，无法散去。

从古至今，在江西这片"人杰地灵、物华天宝"的土地上，这里的人们，用智慧创造着美好的食物。城市的容颜在时光里变了又变，人事的代谢也走过了一茬一茬，但是，"和子四珍"的味道却从没有变过。

扫码看视频

永新山珍"石耳"

在永新南乡的绥源山，常年活跃着一支以采石耳为生的团队。他们采石耳的地方，以绥源山的禾桶山、石笋涧一带为中心，辐射到周边的井冈山、遂川、炎陵，远到九江庐山、湖南张家界一带的深山大壑。每逢春末夏初，他们凭借祖传的采集技术和经验，依靠团队合作，冒着生命危险，深入人迹罕至、鸟愁猿啼的深山，缒绳而下，两脚悬空，双手扪崖，攀藤附葛，从苍崖绝壁上揭取一片片石耳。

据说，唯有人间烟火未到之处，石耳才可生长。除了绝无污染，还要有阴湿的环境，长石耳处必有山泉滴沥而下。石壁又陡又滑，要采到石耳，只有腰绑粗绳，徐徐下坠，凭借丰富的经验判断何处长有石耳，还要有熟练的手法和过人的胆量。

永新山里人采石耳的历史，至少可追溯到北宋时期。在永新古县志中，收录了北宋诗人、书法家黄庭坚的诗《答永新宗令寄石耳》，详细描述了石耳的包装、形状、吃法、味道，但他写这首诗

晒干的石耳

清洗石耳
上的泥沙

给永新县令，除了感谢，还从人道主义角度，悲天悯人，认为石耳虽好吃，却是山里人为了生计所迫，冒着生命危险采来的，所以告诫"作民父母"者，"不以口腹累安邑"，勿用"鲑菜烦嘉禾"，不要为了自己的口腹之欲，迫使老百姓在万仞之崖采石耳。从这首诗可看出黄庭坚的官德人品远超流俗。

从这首诗也可以知道，在北宋时，石耳就是永新名贵的食材，名贵到用细竹篾编出的竹篓包装（黄诗所谓"筠笼动浮烟雨姿"），作为达官贵人馈赠的高档礼品。

在南乡龙源口的绥源山中，采石耳的技术世代相传。祖辈生活在大山深处，生存之道都与山肴野味有关。为了谋生，山里人从小便跟着父辈在山里挖草药打野味，爬山攀岩，练就了一身与大山打交道的本领。由于石耳名贵，价钱高，有艺高胆大者便以此为生，父子相帮，兄弟上阵，到那人迹罕至的幽壑悬崖采集石耳。为了这片片石耳，采石耳人真是一脚在人间一脚在鬼门关。一根粗绳绑腰，一头系在崖畔树干上，事先要仔细检查绳子，因为在石崖尖锐处磨蹭，绳子很容易花，花了的绳子不能用，得换一根。所以他们的工具主要是一捆粗棕绳。山高路远，他们就在山里搭窝棚栖身，啃萝卜干下饭，有时一住十天半月，忍受雨淋日晒，蚊叮虫咬。为了防蛇，他们随身带有雄黄；为了防野兽，他们刀不离身。当然，辛苦几天，石耳没采到也是常事。

　　时代进步，今非昔比。现在采石耳已成为山里人特有的行业。他们用上了帐篷、专业攀岩工具，安全有了更大的保障；他们使用GPS卫星地图，能准确地找到位置，节省更多的时间；他们使用微信、抖音、视频，记录、传播他们采集石耳的过程。采集石耳，已从一门充满危险的高难度手艺变成一门具有挑战性兼趣味性的工作。当年黄庭坚所深表担忧的"扪萝挽葛采万仞，仄足委骨豺虎宅"的境况已大有改善。

　　今年五一假期，我带几位外地回来的朋友去绥源山买石耳。慷慨的主人硬要留我们吃饭。席上一道主菜就是石耳炖老鸭汤。看上去枯黑薄瘠的石耳经过烹调，变得轻盈柔韧，展开薄翼似的身姿在

石耳炖老鸭汤

一罐浓醇浅黄的汤汁中翩翩起舞。连汤带肉舀上一碗,迫不及待尝上一口,那老鸭汤腴而不腻,味醇而甘,带有清新邈远的芳香。石耳入口软嫩弹滑,清爽耐嚼,一股草木微甜通过舌尖直沁肺腑。我的朋友中有精于食事的,看了主人老吴展示的采石耳视频,尝了石耳老鸭汤,不禁大发感叹,说:"石耳之美,可与蒙古草原的口蘑、云南的松茸菌、青藏高原的虫草媲美。它生长于人烟不到之深山,吸取天地之雨露,草木之灵气,石泉之滋润,十年方成形。小小一片,其貌不扬,却遇水而润,化油解腻,因它的神奇作用,让普通的食材立刻拥有独特之韵味,丰富了舌尖享受,妙!妙!妙!"

主人老吴接过朋友的话,说:"的确是这样。石耳不宜独吃,只能与荤腥油腻的食材搭配使用,才能发挥最好的功效。炖排骨、炖鸡、炖老鸭、炖火腿,都是最好的。石耳吃了对呼吸道、消化道都很有好处，清肺止咳，凉血解毒。"

老吴知道我们是第一次吃石耳，就认真详细地讲解了一番石耳的做法。他说："石耳长在石壁上，采下来就沾带了很多细小的泥沙，特别是在蒂根处。它的表面还沉积了一层薄薄的但很顽固的苔痕。所以一定要清洗干净。清洗前用淘米水浸泡半个小时，把表面的苔痕自然分解，泥沙浸出。或者用开水发开，用干净纱布擦洗，剪去蒂根，反复揉搓，清水再洗三四遍，表面露出灰白本色就可以了。配菜的时候，不要与主菜一起下锅，如炖老鸭，得先把老鸭汤烧开入砂锅后，再炒石耳。加少许油炒至卷缩即可铲出放在老鸭汤的上面，再开始炖。待鸭肉熟了，石耳也把营养滋味全部释放到鸭肉鸭汤中，令肉和汤提味增鲜，石耳本身也吸收了鸭肉的味道，油脂的滋润，变得特别好吃。"

一席话，把我的朋友说得跃跃欲试，又从老吴邻居家买了几只鸡鸭，方敲着得胜鼓，哼着凯旋曲，满载而归。

扫码看视频

乡愁米豆腐

千百年来，悠悠禾水灌溉滋养着永新人。永新丰富的传统美食当中，米豆腐是一道极具独特风味的小吃。若说米豆腐是南方人独特的小吃，那么，米豆腐更是永新人的一张乡愁名片。

说起米豆腐，在外的游子，无不唇齿生津，乡愁翻滚。妈妈的味道，儿时的记忆，一并在脑海里翻腾，混合着滚烫的胃液，灼烧着对家乡的思念。

小小米豆腐，拇指大小方块，原料很便宜，做法很简单，算得上是最不值钱的一种民间小吃。几把米，一些石灰，将米磨成浆，熬熬煮煮，过滤冷却，滚水一烫，加葱油姜丝，即成美味。山区湿气重，永新人嗜辣，辣可祛寒气。米豆腐汤里怎可少了辣椒？将干红辣椒磨成粉末，出锅时，用小调羹抖入一小撮辣椒粉入汤，辣得人面红耳赤，肝肠寸断。煮熟的米豆腐爽滑软嫩，韧劲力。猪油和葱姜调和出一种天然纯正的香味，与米豆腐结合出一股绝配味道。一碗热米豆腐下肚，酣畅淋漓，通体舒畅。这道民间廉价的小吃胜

调味料

米豆腐

似红烧肉的滋味,它让味蕾瞬间开出花来,果腹的满足感极为瓷实。不是永新人,你永远吃不到一碗热腾腾、辣爽爽、滑嫩嫩、软糯糯,舌尖上的乡愁米豆腐。

  我国是豆腐的发源地,米豆腐是继豆腐之后紧随而至的美食,制作方法极为相似,但也有着本质的区别。豆腐为菜肴,米豆腐则为小吃。母亲很会做米豆腐,我经常给她打下手。母亲的手,沾过泥土,煤油灯,锅灶灰,菜叶和油污,待她洗净双手,又能做出可口的米豆腐。母亲洗米,我拿木瓢舀水。用石灰水将大米浸泡三小时,取出后放在水中淘洗至水清,然后用石磨将米磨成浆。成浆后大火煮浆,边煮边搅动,半熟后改小火,继续搅动,直至手臂酸痛麻木,约莫15分钟后米浆熬熟了。趁热将糊状米浆倒在清水中冷却，到了一定的时间，它们会形成块状豆腐。食用时，再将大块切成网格状方整小块。母亲烧火煮米豆腐时，我会欢天喜地给灶台添柴加火，喜滋滋地等待美味出炉。常年农事繁重，米豆腐程序又很繁琐，母亲不会经常做米豆腐。要吃上一碗香气扑鼻的米豆腐实则很不容易。

要想解馋，还是要寄希望于每逢农历一四七的逢圩。圩场的米豆腐摊，对孩童有着磁铁般的吸引力。为了能吃到一碗热气腾腾的米豆腐，每次逢圩，我都要跟紧母亲。旧时的圩场像一幕远去的电影，画面和音色带着浓烈的烟火气息，在记忆深处发出如流水般泼刺刺的声响，不息不灭。越往深处回溯，人物和细节皆模糊不堪。时光的印记，却还是有迹可循的。比如米豆腐的香气，经年后，仍令人回味无穷，画面感极强。热闹的圩场入口，是最吸引孩童的米豆腐摊位。摊主们早早摆开八仙桌，桌上放着一个个罗碗。先给碗里加入热汤，汤汁不过是烧滚的开水里加入猪油、酱油、葱花以及些许辣椒粉而已。将煮熟的米豆腐依次舀入碗里，一碗碗香喷喷的米豆腐即可食用。

母亲将我安顿在米豆腐摊位上，自个儿走进集市深处去买菜，这时候，我就可以心满意足地享受美味的米豆腐。被酱油染成黄澄澄的汤汁上面漂浮着猪油和葱花，清透晶莹。经过猪油、酱油、葱花以及辣椒粉调味的米豆腐，色泽金黄，胜过东坡肉。当爽滑的米豆腐划过舌尖，婉转细腻，香濡滑喉，那软糯可口的米豆腐颤悠悠滑落胃里，如风吹宣纸，舌上是一种瓷实的心满意足。让人忍不住想举箸击碗，摇头晃脑高歌一曲，"我爱你，塞北的雪"，不，不是塞北的雪，要改词，"我爱你，永新的米豆腐。"那些纯白的温软，洁净的轻逸，一块块在碗里跳跃，在记忆里飘荡。任时光漫漶，任两鬓斑白，家乡的米豆腐，是游子心头的默然渴望。

童年吃过的美食，就像时光的钥匙，在悠远绵长的滋味里，打开蕴藏着温暖而美好的记忆。人和食物之间相互依存，相互温暖。谁也离不开谁，彼此治愈。无论离开故乡多远，那些散落在天涯海角的游子们，得意或失意，顺畅或挫折，大抵都有过一霎

米豆腐

"人生天地间,忽如远行客"的悲怆。仿佛远山野畈、高楼万丈间都飘荡着苍凉、永恒又短暂的一生,枯败又荆棘的尘事,纷沓而至。余胜海先生在他的《寻味人间》里写道:"真正能治愈人的美食不是什么山珍海味,而是那些能勾起人们美好回忆的食物。"风味,或置身闹市,或藏身陋巷。家乡的米豆腐,它总在不经意的刹那,勾起心底的乡愁,它是散落在民间别具一格的风味小吃,创造着江湖的美食。唇齿间,隐约有炊烟的味道,米豆腐的香气顺着柴火自屋瓦间慢溢出来,细细袅袅。人世间的风雨世世代代裹挟着时光无声流逝,童年的梦稍一趔趄,圩场和米豆腐摊早已成为隔年的瓦背霜。

米豆腐富含多种维生素,清热败火,爽口解渴。米豆腐是一种弱碱性食品,有人称碱性食物为"血液和血管的清洁剂"。在永新的大街小巷,至今还有蹬着三轮车的卖货郎卖米豆腐。"卖米豆腐嘞——"那一声声乡音醇厚的叫卖声亲切热忱,充满旧时光的情怀。

每一个归乡的游子,都会迫不及待扑进永新的街巷,去寻找一碗热气腾腾的米豆腐,一解乡愁。一块块方格端正的米豆腐在热水里载浮载沉,如质朴的山里家乡人,是这般厚道纯正,默默地,亲切地,一任乡愁舌尖承欢。

扫码看视频

大浒捡"石花"

我写过一篇小说《桐木坳纪事》,开篇的一个场景是:山里少女黑娇一大清早就到山上捡回半篮子"熟铜色的细长喇叭样肉乎乎的奇怪东西",在涧边潭水里洗。这种奇怪东西叫作"石花"。

这种如今"飞上枝头变凤凰"的石花,当年可算一道"寻常农家菜"。

因依山而居,在芒种到小暑之间,父亲每从山上回家,总会带回一包石花。

父亲带回来的石花总是潮湿的,带着不少枯枝树叶,洗起要费一番精神。洗干净后带点水炒了吃。也许年幼不懂品尝,也许那时炒得缺油少盐,反正吃过很多次,感觉不到什么难忘的滋味。

离开乡村后很多年,石花从我的脑海中淡出。直到有一天回家,没事去秋溪圩逛。猛然发现一个卖瓜豆的老妪那里一个竹篮子里半篮子的石花,不觉唤起记忆,毫不犹豫全部买下,价钱好像是五元一斤,半篮子还不到三斤。兴致勃勃地与妻儿拿到藏龙江边去

石花

洗,很少发朋友圈的我破例拍下了石花的照片发朋友圈,问谁认识它,结果无一人认识,这让我陡然增添一种自豪感。

那天我用石花炒肉吃。五花肉切成小小薄片,炸至半卷,把洗净的石花倒入略加翻炒,再加水煮三五分钟即出锅。这次石花的味道让我捕捉到了。五花肉的油香融入石花淡淡的芬芳,石花虽细,但肉质醇厚,柔韧耐嚼,而且嚼后透出丝丝甜味,沁入唇齿间,弥久不散。其汤甘美,堪比鸡汤。所以炒的时候水可稍多,宽汤出锅。妻儿是第一次吃,啧啧称赞,连吃几餐都不腻。

幸运的是,有一年端午后几天,村里的哑叔带我去一个叫"大浒"的山里捡石花。

一路小心翼翼,总算进了绥源山,在一个叫洪坑的地方,我跟着哑叔往水库里走。水库的水退下去了,露出龟裂的泥土。到处是牛粪,没有路,哑叔只朝着对岸走。

走过一段干涸的河床,就是水路,两边不时有绿莹莹的深不见底的水潭,潭边岩畔红叶照影。中间是深可及膝的水,我们涉水而过。涧水九曲,景随路换,葱茏染翠的一座座山头神态各异,如列画屏,好一幅泼墨山水!我心雀跃,一下忘记此行是来捡石花的,竟当成了来看风景的。而哑叔只是低头往前赶路,还不停催我快点，要赶到大浒棚吃早饭。

太阳在东边一道豁口露出脸时，我们来到一个山间平地。四围青嶂，一块十余亩的山田，茅草丛生。哑叔在一处颓废的土屋基上坐下开始吃他带的饭包。我知道这就到了大浒棚，这个父亲当年烧炭住过、村里桃开伯伯开荒住过的大浒棚，承载了我多少神奇的向往！听说这里曾经盘踞过一支太平天国的溃军，听说这里曾经五谷丰登，是我村里的小粮仓，听说这里的穿山甲会钻到人的床上来，这里的猴子会朝人扔野果，山上的野猪会跑下山来拱红薯……

吃过早饭，哑叔带我钻进了密不透风的大林莽。远看像是长满高大乔木的山上，其实到处是灌木，藤蔓交织，荆棘遍布，加上前几天下了雨，枝叶间的水滴还未干，腐烂的枝叶蒸腾出一种刺鼻的气息。哑叔带来的长把钩刀发挥了作用，他用刀将藤蔓荆棘斩开，钻进林子里，转了几处，我们并没有见到石花。倒是见到各种鸟，花的、黑的、灰的，小的、大的，一只浑身雪白、拖着长长尾羽、大若公鸡的鸟，在我前面不远的林间绅士样踱步，哑叔扔下钩刀，大喊一声"白凤"，扑过去捉。它早扑棱一下翅膀飞上了一棵树，我看得目瞪口呆。更惊险的是一条拿藤粗的银环蛇擦着我的脚背窜过去，把我吓出一身冷汗！哑叔却不以为然，他说他带了雄黄，蛇不敢近身。他大方地分了一半给我放在身上，我才敢挪动步子。

太阳散发出的燠热让林间更加郁闷。哑叔又朝着一处背阴的岩石上爬，那里长着一丛小树，笔直灰白的叶秆，椭圆深绿的叶片，亭亭玉立，别具一格。我看见哑叔正趴在那里忙着往背篓里放什么。走近一看，岩石上一层腐叶，腐叶上齐刷刷地冒出深黄色小喇叭样的石花！我惊喜万分，手忙脚乱地连枝带叶抓着往装水果零食的塑料袋里填。哑叔叫我到附近去看一下，我往上爬，转向右边，那里竟然有一大片这样的树林，地上的石花更多！我一边捡一边想起父亲说过石花只长在一种叫白叶树的下面。那么，这种漂亮的小树就是白叶树！

正当我捡得不亦乐乎，天色似乎暗了下来。抬头一看，太阳不见了，乌云聚积。哑叔在那边大声喊我，让我赶快下山。我过去问他为什么，他说马上要下大雨了，这里的倒山水很厉害，能把一棵大树冲走。要赶在大雨下来之前出山，否则出不去。我这才想起进山时沿途溪涧到处是粗大黑朽的木头倒卧在河滩，原来这些就是被倒山水冲出来的！

带着捡来的半袋子石花，我跟着哑叔迅速出山。黄梅季的雨来得又急又大，等我们出到山口时，大雨倾盆而下。在洪坑人家躲了一个多小时，雨才住。回到家，父亲得知我去大浒捡石花，连声说太危险。检点袋中所获，二斤有余，劳动所得，果然吃得特别有味。

前几年，哑叔去世。村中其他老人都爬不动山了。我常冒出再去大浒捡石花的念头，但想起种种危险，又无合适向导，只好作罢。但那次新奇刺激的捡石花经历，却常常萦绕在我的脑海，挥之不去。

芳香的玉兰片

快捷便利的现代生活,丰富多样的年货充斥着市场每个角落。然而,年的味道,并未因此而丰富有趣,相反,每至年关,心绪惆怅,只因那远去的旧时年味。富与穷,都要过大年。每逢春节,山区人没啥奢侈食品待客,全家人一起动手做"碗茶"(永新对茶点的俗称)。

做玉兰片需要好天气,因为要晒糯米片。母亲会在落日薄暮时看云识天气,若寒夜星光熠熠,料想第二日定是晴天,就会提前将几斤糯米浸泡在一个木桶里。玉兰片的原料很简单,糯米、茶油和砂糖,无须任何添加剂。些微的砂糖,是一种恰到好处的佐料,它可以激发出谷物内在的自然甜濡,从而赋予玉兰片最好的口感。甜,发端于唇齿,在口舌处滋生一种微妙的愉悦感,某种程度上悄无声息地驱散悲伤和压抑。苦难岁月里滋生的勇气和力量,美食绝对起到一定作用,劳苦功高,舍生取义地充当风味的摆渡人,吸纳芸芸众生的悲欢喜乐、生老病痛。

夜里，将浸泡好的糯米沥干，放入蒸桶焖熟。谷物给予人类的，除了温饱，还有一种深度熨帖的精神力量。它在一道道食物里，像掌纹一样被罗霄山脉中部的山区人牢牢紧握，日月轮转，写进劳作的汗水里，朝夕供养。它用香气抚平饥饿带来的焦虑不安。深深呼吸，那一缕缕香气多么令人感动。将熟软的糯米从蒸桶中取出，再倒入一个深石臼里。倒入前，得先在石臼底抹些油，防止捣碎糯米时沾底，然后开始用大锤死劲将糯米捣碎，反复捣，一下一下，直至汗流浃背，直至糯米捣成稀巴烂，烂成一团黏糊糊的软泥，胶黏韧弹。

将糯米团取出，再抹层薄薄的油，搁置在洗干净的大团箕上面。抹油的作用当然还是为了防止沾黏。用刀将Q弹的糯米团切成匀称的长条状，再用擀面杖或酒瓶将长条擀得宽扁，一条一条整齐

玉兰片

晒糯米片

炸糯米片

摆开，任其自然风干。第二天母亲早起，将长条分别切成细薄片状，用团箕端出去晒干。

日落西山，团箕端进来，将晒得恰到好处的糯米片下锅油煎。母亲说要用木籽油，不要用茶籽油，茶籽油煎炸会有残渣。木籽油适合炸东西。亮汪汪的，橙黄色，幽幽的野生气息，适合煎炸手工"碗茶"。在锅底毕毕剥剥翻滚，悠长悠长地袭击鼻息，久久难以消散。永新山岭间种植着大量的油茶树。霜降节气采摘成熟的油茶果子。油茶果有两种，永新人把个头大的叫木籽，个头小的叫茶籽。

炸好的玉兰片

  一会儿，沸腾的油里，冒出一朵朵洁白的花瓣，那是细薄的米片舒展着洁白的身子，两端向外翻开，形似兰花，闻香绽放，轻盈美好。清香弥漫在空气里，裹挟着熟悉的谷物气息，一寸一寸攻击人的鼻息，撞击味蕾。地处山区的永新人，守着山，吃着山，依赖着山林和耕地繁衍生存。来自山野油茶树的茶油，和稻田里生长出的糯米，一代代倾心相融，努力延续着食物暖老温贫的质朴使命。食物无法脱离脚下的土地，那些风物、气息，过往的岁月和记忆，共同繁衍着这种土生土长的"味道"。谷物与茶油相遇，砂糖和油脂相遇，谷物的朴素，茶油的清香，都能为这道旧时"碗茶"增添特别的风味。追求本源，是土地厚广的蕴含，在大音希声的沉寂中，无声无息滋养万物，化成百般滋味，让山区人获得朴素的温饱。谷物是有灵性的，在溯源和创新中，无时无刻不在茁壮生发，焕发生机，创造奇迹。

糯米炸到半熟，经过糖油的洗礼，酥皮微微颤栗，玉兰片魔术般舒张着轻盈的身子，从烧得黄澄澄的焦香茶油里跳脱出来，像春天的笋片一样洁白酥嫩，显得妩媚动人。一片片晶莹的玉兰片，浓郁香气绵密袭来，芬芳，清香，美好，层层渗透，干爽而轻薄，入口酥脆爆香，味蕾如风暴般绽放和释放，宛如"瞬间的唤醒"，在口腔里轮番吱吱碎裂留香，直至化为经典的记忆。

出炉的玉兰片要入罐密封，留待春节待客。有的食物，内秀于心，而藏拙于外。玉兰片却大大方方呈现自己的外秀。芳香美好的玉兰片，既体现永新人心灵手巧，又寄托着永新人对美好生活的向往，以及对过大年的虔诚心愿：一年更比一年好。"碗茶"做好后一定要严密封存，油炸的东西一旦回潮，就不香脆了，食之无味。玉兰片尤其如此，稍微受潮，口感顿时大打折扣。千百年来，老永新人一路跌宕起伏，专注和坚守着农耕时代留下的古老美食，玉兰片的美好值得付出十足的耐心。玉兰片和兰花根、煎豆、豆角酥等永新特色"碗茶"相敬如宾，安守一份糯香酥脆和恬淡美好。

玉兰片做法比兰花根复杂，难度也大。它需要制作者注意力高度集中，不放过过程中的每一个细节。对糯米粉拉丝揉捏的黏度、厚薄，以及煎炸技巧，要精准拿捏，要求很高。很多人可以把兰花根做得四平八稳，匀细得当，但不一定可以做出好看又好吃的玉兰片：轻盈酥脆，干燥而疏松，厚薄适度，色泽盈盈，散发麦芽般的香甜。

穿越悠长岁月，旧时的味道仍然可以清晰抵达今日。新与旧的更替，总有断层和遗憾。多少倏忽而过的往事，全家人一起动手做"碗茶"的欢声笑语，鲜活如昨。氤氲茶油里的芳香，悠长绵密。母亲已经老了，很多年没有吃过母亲做的玉兰片了。时代也已经日趋现代化、智能化、科技化，纯手工制品渐渐成为"非遗"的代言，散落在旧时光的街巷。那些触手可及的日常"碗茶"，竟变得如此珍贵和稀有。各家的年货基本雷同，都是超市买的工厂统一加工的点心。

玉兰片在岁月深处，浸染着生活的原貌原味，带着油炸的温度，成为儿时天寒地冻的温暖。汪曾祺先生写过"在黑白里温柔地爱彩色，在彩色里朝圣黑白"，恰似我对玉兰片的心情。

一鼎春色艾米果

已近清明,季节对气候的改变几乎不可阻止,田野在磅礴而来的春风中已经完全醒来,万物复苏的脚步势不可挡。春雨,阳光,还有满眼斑斓的春花相约而至。田野里的野菜早已急不可待,用一茎嫩叶悄悄地打探世界。它们在暖意里发芽、展叶、伸长,热热闹闹,像村庄里的燕子一样每年准时退场,又准时回到村庄。

每到这个时候,我们村里的"采青"活动也要隆重登场了!

采青,是清明节前后我们村里的一大盛会,女人大多都是采青的行家。这当儿,正是女人们最忙的时候,村里村外,全是她们忙碌的身影,采青仿佛成了她们每年一次的必修课。田间地头是一个天然的菜园子,敞开着大门,静候着女人们的光临。女人们挎着篮子,兴致勃勃地走向田野,躬着身,将手伸向一棵棵嫩嫩的野菜,清脆的笑声在田野里荡漾,沉寂一冬的田野倏忽生动起来。

大人忙着采青的时节,也是小孩最快活的"节日"。我们趿着鞋,迎着东风,在野地里肆意奔跑撒欢,将满心的惬意全揉进这鲜嫩的野菜里……

采青的季节,青蒿殷勤地进入篮子,水嫩的荠葱、酸酸的马齿苋,也不断光顾我们的厨房,成为每家每户餐桌上的常备菜。

将野菜采进竹篮,再搬上餐桌真是一个愉快的过程。

整个春天,我们的舌尖流淌着野菜的清香。《诗经·小雅》曰:"呦呦鹿鸣,食野之苹。"这里的"苹"是指陆生蕨蒿,正是我们可爱可亲的艾草。

摘艾叶是采青的重头戏,不信你去瞧瞧,谁的篮子里会少了艾叶的美好倩影?村里的女人将艾叶一棵一棵地摘进篮子,言笑晏晏的,仿佛是将碧绿的春天一一装进了篮筐。此时的艾叶嫩嫩的,尚

且沾着水珠,它们是春日里最可爱的精灵。等采得差不多了,就择一处干净的溪水,将其一遍一遍地洗净,清除杂质和败叶。这项工作大家做得十分细致,这自然也是做艾米果不可或缺的一步。

接下来,就是最重要的步骤了。回家后,女人们在院子里支起一口锅,把火生起来,烧一锅满满的热水,将艾叶放入滚水焯一下。为了保持艾叶颜色的鲜绿,通常会放一些食用碱,等火候差不多了及时捞起。至于碱的多少,焯的时间长短,全凭个人经验。焯过的艾叶须置于洁净的凉水里漂一阵子,这样,经过热冷两重的淬炼,艾叶的灵性发生了质的变化。于笊篱里沥干水分后,将其不断地揉碎,直至成黏黏的泥状,感觉极似小时候玩的橡皮泥。最后,艾叶里拌入糯米粉,搅拌均匀,不停地揉,不断地搓,一个个圆圆滚滚的艾米果就神奇地化成了一排排、一列列的方阵啦。

最后就是在鼎罐里蒸米果了,"烝烝皇皇,不吴不扬"。美食是值得等待的,约莫十几分钟后,揭开盖子,一股热气急遽地冒出来,氤氲着,等水汽散尽,你会惊喜地发现,呈现在你面前的是一鼎春色:艾米果鲜绿欲滴,仿佛将春天的绿色全部搬进了厨房。然后,左邻右舍逢人就请吃,大家喜气洋洋,吃得村子里春意盎然,把一个湿气氤氲的春天闹得热气腾腾的。

我们村里有种说法,"艾叶中有三两粮,既饱肚子又壮阳"。春日补阳,是中国人一以贯之的饮食风格,也是中国人的智慧,更是一种与大自然亲近的方式。艾草入馔,别样芳香。一个艾米果下去，生命的活力顿时被激发。那一遍又一遍的繁复制作程序，每一步都蕴含着对生活的款款深情，以及对大自然的深刻理解。

如今，野菜也是现在时髦的佳肴。大家深谙"过去碗里拣肉吃，现在碗里拣菜吃"的养生之道。艾米果口感滑嫩，软中兼韧，大人小孩皆宜。采食艾叶是一种日常饮食习惯，也是一种自觉的文化传承。清明吃青团，不仅是为了健康，也是为了缅怀过去和先人，更是为了迎接一年里崭新的生活。在年复一年的艾米果清香里，时间在行走，季节在滑行，我们的生命也在一步一步走向繁华与热烈……

扫码看视频

一块霉豆腐的百味人生

黄豆,一粒小小的种子,开启了中国人餐桌上的千年旅行。水豆腐、油豆腐、豆芽、腐竹……它们在日常变换成各种形态与我们亲切相见。

立冬时分,姐姐又给我送来了一份平常而又珍贵的礼物:一罐霉豆腐。每年,她都要从乡下坐两趟班车,花费大半天的时间来到我这儿,送来大包小包、种类繁多的农家产品,其中自然少不了我心心念念的霉豆腐。它们不仅仅是一些俗常的农家菜,更饱含着一份浓浓的至爱亲情。

姐姐做霉豆腐有些年头了,自然也积累了颇多经验。每到冬天,我就念起她做的霉豆腐,感觉有些离不开她的手艺了。一入冬,她就开始忙碌起来,做霉豆腐就好像是她的一项伟大的事业。在我的印象里,做霉豆腐特别讲究时间,立冬到冬至这段时间最佳:早了,气温尚高,豆腐易臭易烂;晚了,气温太低,豆腐容易起皮发黏,不易入味。美食都是时间的艺术,是时间成就了一份美食。

豆腐有序放在稻草上　　　　　　　　　　　霉豆腐

  做霉豆要遵循一定的时间顺序，几乎所有的步骤，都与时间有着密切的关系。首先，得挑选自家种的优质黄豆，制作成老豆腐。将豆腐切成方方正正，大小均匀，小心地搁置于笊篱内，在阴凉处沥干水分。其次，精选新鲜稻草，修剪整齐，一层稻草一层豆腐有序地放进木制或竹制容器中，这是豆腐温暖的睡床；密闭一个星期左右，让豆腐沉沉地睡去，这正是培养霉菌的过程。食物如人，有灵性，不能随便打扰。睡足一星期后，豆腐该起床了。此时，开封后的豆腐基本就发霉长毛了，谓之"毛豆腐"。如果"毛"（菌丝）呈乳白色且细密，那就是品质最好的霉豆腐胚形。

  接着，将毛豆腐裹上盐和辣椒，这是制作霉豆腐的最后一道重要工序——把毛豆腐放进盛满辣椒和食盐的盆里"打滚"后，毛豆腐上就沾满了鲜红的辣椒面和星星点点的白盐，整整齐齐地放进陶瓷的器皿里，再在表面浇上烧酒、茶油，然后拧紧盖子密封。一定要记住的是，那些器皿、筷子都要用开水煮过，干辣椒，包括食盐都得干干净净，不生灰、不沾生水。我母亲说过，做霉豆腐虽然无须沐浴斋戒，但得怀着干净的心，伸出干净的手，要心怀虔诚之意，如此做出来的才美味。

当然，辣椒与盐油的量，分寸极为重要，每一次细微的增减，都可能酝酿出不同的风味。所以，每一次的制作，看似是一种年复一年的重复，实际上，每一次的制作都是一次对食物的探索与冒险。

刚做好的霉豆腐，通常用罐子装起来，密封好。此时的辣椒粉和食盐，以及霉菌的鲜还未充分融合，切莫打开瓶盖，得给它们足够的时间。对于食物，很多时候，我们还要有点耐心。

约莫也是一周的时间，调料完全渗透进豆腐里面，豆腐的质地发生了深刻的变化。这样，一道珍馐美馔就诞生了。

霉豆腐不算一道正宗的菜，也不上酒席，难登大雅之堂，但

是，深受大家的喜爱。你去永新的农家看看，谁家的厨房里没有摆满一罐罐的霉豆腐？

霉豆腐内秀于心而藏拙于外，品相也不上流。不过，它的美味是无法让人忽略的，它是货真价实的下饭佐粥的小馔，能够化解油腻，专治挑食小方，咸咸辣辣，只需一点，让你食欲大增，能将你的肠胃安放得舒舒服服、妥妥当当。冬日里，阳光正好，时光孕育出的美味，此时与你恰好相遇，便演绎出这份日常的小欢喜。

霉豆腐霉而不臭，闻之则香，成为乡里人家的餐桌必备，聪明的人们将一块平常的豆腐吃出了生活的韵味，并将它们吃到了极致。霉豆腐是我国的传统食品，至今已有一千多年历史了。它独特的制作工艺充分体现了我国劳动人民的智慧。我觉得一份简单素朴的霉豆腐，不仅仅是一道菜肴，它更是一种传统文化。

我喜欢吃姐姐做的霉豆腐，这些用心、用情制作出来的美食，充盈着真挚而深沉的情义，那些最平常的东西，往往蕴含着生活的味道，蕴含着人世的味道。一年又一年，时光去了又来，在伸箸取食中，我们用食物来感知这个世界，也从平常的食物中窥见生活的真谛。

扫码看视频

"富汁"在流

当天边最后一道光落在村庄上头时,爆竹声开始零星地响了起来。男人们已经将红红的春联一一贴好,节日的喜庆正在村庄里流淌。女人们在厨房里忙进忙出,被一团白白的水汽裹着,一年里最后一顿晚饭要来了。俗话说:"打一千,骂一万,三十晚上吃顿饭。"年俗里,团年饭是必需的,再忙也得歇歇手,再远也得坐上回家的车。对于每一个人而言,团年饭是旧年里的一个重头戏。

年饭的正菜里,鸡是必需的,取吉祥之意,得早早地准备好。年节里,连只鸡都没有,是很不像样的,倘若邻居知道了那是很跌股的(丢脸的意思)。杀鸡通常要到祖坟上去杀,带上一大摞黄纸,焚上一炷线香,面色虔诚,敬请先祖回家吃顿年饭。大人们将鲜红的鸡血洒在黄纸面上,这是先祖留下来的一种仪式,不仅仅是为了辟邪消灾,更是借此告慰祖先,告诉他们,这一年,自己活得很好,并祈求保佑来年亦是美好生活。除了腊肉、腊肠之类,鱼也是要的,而且必须是活物，不然祖先会责怪没有诚意。杀鱼时要默念一句"年年有余"，希望生活既有余粮，又有余钱，讨个口彩。豆腐也是菜单上的常备选项，"腊月二十五，推磨做豆腐"，每到年尾这几日，磨坊里的石磨轰隆隆地响，欢声笑语连绵不断。豆腐的"白"代表着锦衣玉食，俗话说"过年吃豆腐，一年都是福"。先人的殷殷叮嘱，你不信是不行的。豆腐的品类有煎豆腐、干豆腐、瓤豆腐，不一而足，吃了豆腐，那些鸡毛蒜皮的日子才能过得细水长流。

年饭里，还有一道更重要的羹，名叫"富汁"，配料繁多，有花生米、碎肉、金橘、香菇等，糅合在一起，用小火汩汩地焖煮，最后放入生粉，拌匀，然后放入打得烂碎的鸡蛋，不停搅拌，出锅前，再放入白糖。富汁通常呈乳白色，黏糊状，蕴含着甜甜的味道，也叫作"和气菜"，所以每个人都得吃个一两勺，特别是妯娌之间有矛盾了，更得吃吃这道菜，吃了，来年大家都甜甜蜜蜜、和和气气起来。先祖立下的习俗里，总是蕴含着深刻的道理与美好的祈愿。一道"富汁"羹，内涵远远超出吃饭本身的意义。

年饭里，蒸炸炖煮，七荤八素，琳琅满目，杂陈于桌，弥散着热气与香气，每一道菜都是有考量的，年饭既是一种展示，也是一年的总结。

农村的宴席上，"富汁"这道菜也是必不可少的。酒宴通常是一名厨师大展身手的时刻，所有的厨师都会借机拿出自己的看家本领，使出浑身解数，村里的大厨一般都擅长做"富汁"，连"富汁"

附子羹

都不会做,仿佛就不配"厨师"这个称号。"富汁"通常是最后才上的一道菜,相当于一道靓汤。大家推杯换盏之际,舞动着筷子,吃得热热闹闹的,直至杯盘狼藉。此时,该有一道羹来压一压了,不早不晚,"富汁"就该隆重出场了。

有一天,我在南昌的一个酒店里,无意间看到了这道菜,令我又惊又喜,那天,我执意点了这道菜,餐桌上,我随行的朋友对这道菜赞不绝口。后来,这位朋友远道来永新看我,言谈中说起了这道菜,满脸的期待,我心领神会地把他带到了一家餐馆,用"富汁"款待他,那天,他吃得痛快淋漓、心满意足……

假期,我在埠前镇参加一个同事的婚礼,也吃到了"富汁",十分可口。餐毕,我冒昧地进到了后厨,见到了这位姓贺的大厨,村庄的红白喜事几乎都由他掌厨,他已经在厨师这个位置上做了几十年了，深谙"富汁"的做法。贺大厨说，"富汁"的做法与用料在永新各地大同小异，但是味道基本上是一样的。他还说，"富汁"代表吉祥福禄，是宴席上必不可少的。

在我们村里，有些人叫它"腐子"，也有地方叫它"附子"，但是，我还是喜欢叫它"富汁"，一声"富汁"，感觉像在叫一个老朋友的名字，那么的顺口，那么的亲切。席间，一道"富汁"端上来，餐桌上的食客们立即兴奋起来。一勺一勺，"富汁"羹被咕咕喝进肚子，那些甜甜的富汁流进我们的身体里，大家马上就变得兴奋起来，经年的疲劳也立即烟消云散。羹，是中国最古老的菜肴形式之一，而富汁，虽经岁月变化，依然不改本色，今天仍被永新人保留在屋瓦回廊、寻常巷陌之间，被我们一年又一年地坚守着。相信，它还会一直地流，流进我们的记忆里，一直到我们生命的未来。

富汁这道羹在永新诞生、兴起，它表达了永新人的智慧与创造。如今，城市里越来越多的酒席里有着它的身影，越来越多人知道它、接受它、喜爱它。我相信，它的终点肯定不只是一个狭小的地域，作为一种美食，未来，它或许能凭借自己好的口感穿梭在迥然不同的地域和文化之间，扮演着亲善的使节，将更多的人联接起来……

扫码看视频

豆和米的一场艳遇

我们的日常生活，总是始于普通的饮食，那些生命的活力往往来自于一粒大米的馈赠。

每天早上，我都会到小区对面的包子店，享受一顿美好的早餐。包子店是一对老人开的一个小食店，场地不大，人却很多，充盈着欢快的笑声。通常，我会选一个阳光充足而又安静的角落，点上一份豆粉米果、两个包子，以及一碗瓦罐汤。氤氲的湿气里，这些食物滋润着我饥肠辘辘的胃，一天的生活就此正式开始了。

一晃十年了，我一如既往，仍是他们家忠实的食客，他们总是不忘对我的光顾送以微笑致意。几年前，他们在旁边租了一个实体门店，取了一个不错的名字，生意越做越大，越做越好了。早餐店的名字和地段变了，但是味道从来没有变过，他们这份坚持的背后是一种对稻米的热爱和探索。经年累月，阿婆的早餐成了这个城镇一道独特的风景。

豆粉米果

  自我记事起,每隔一段时间,豆粉米果就会出现在家里的餐桌上。每至节日,村里家家户户就开始舂米磨豆粉,忙着做豆粉米果。清明节那天,大家还会携带酒水、肉类以及豆粉米果去上坟,以此来祭祀先祖。这样的民俗已不知道经历了多少代,每逢这一天,大人们就会认真地准备食物,鸡鸭鱼肉一样也不少,豆粉米果也是必需的。我母亲说,老祖宗回来,可怠慢不得。豆粉米果,寄予了大家一份特殊的感情。

  这些年,我也开始学做豆粉米果,学得特别认真,得到"老师"慷慨的指点后,虽然制作的过程笨手笨脚,但也做得相当成功。或许,这一切的学,也是源于对于一份食物的喜爱吧。糯米粉准备好了,豆粉也磨好了,还有白糖、辣椒粉,忙忙碌碌,一切准备就绪。

  最开始是搓团子。将糯米粉放置盆里,掺些水,不断

准备食材

地搓，再加水，为防止团子太软，不容易成型，糯米里通常会掺点粳米。最后，把拌好的粉分别搓成条状，捏成小团，再揉成一个个状若汤圆、大小匀称的米果。白白的丸子，一个一个，一排一排，摆放在容器里，它们就像等待出征的战士，精神抖擞，整齐划一。

接着就是煮团子。炉子旺旺地生起火来了，锅也架起来了，在锅里倒入适量的水，等到水烧开了，就把揉好的团子小心地放进沸腾的锅里煮。很快，团子就在咕咕的锅里欢快地翻滚。

如何判断米果是否熟了？女人也是有经验的，窍门很简单，当米果团子慢慢地上浮，就表示团子煮熟了，可以出锅了。这是她们的生活经验，经由她们代代相传。

最后就是拌米果。用漏勺将团子捞起来，搁置在一个碗上微微沥干水分。先把豆粉均匀地撒在容器内（可以是盆），再加点白砂糖拌匀。把团子全部倒入容器内，不停地来回摇，依靠的是出锅时的热度，豆粉和糖容易粘上去。趁着团子的热气和上含有辣椒的豆粉，轻轻翻动几下，美食就诞生了。

开吃啦！豆粉米果冒着热气，香辣里带着一股豆香，大家你一个我一个，乡里人家最懂得分享，分享食物更容易结下淳朴的乡间情谊。

豆粉和团子是食物中的一对"黄金搭档"。而辣，原本是植物的自卫武器，却在不经意间成了

磨好的豆粉

煮团子

拌米果

它们的媒人，为美食做了五彩斑斓的嫁衣。

人们常说，美食不如美器，盛放豆粉米果的容器也是有讲究的，通常选用那种玻璃碗，或者有花纹的碗碟。金黄的米果，配以精美的碟子，一个净若秋云，一个艳如琥珀，色彩相映成趣，传递出一种细腻温和的东方美学，令人赏心悦目。

中国是最早种植水稻的国家，在几千年的漫漫岁月里，充满智慧的中国人将大米吃出了新花样。《周礼·天官笾人》中载："馐笾之食，糗饵粉餈。"在漫长的岁月里，人们以大米做饭填胃度日，年复一年，也许就在某一天，人们灵光一闪，一改过去粒食的方式，将大米磨成粉，然后就产生了滚圆可爱的豆粉米果，并成为米面食物中的佼佼者。

山川依旧，风味不改。在时间的年轮里，舂米的声声之响从未间断。不管是大米还是大豆，它们都是从泥土中走来，走向我们的日常，并生发出我们最大的幸福。这些年，我一直享受着豆粉米果的滋养，安逸又知足。这样的日子，虽称不上锦衣玉食，但自有一份安稳与富足。

扫码看视频

花生饼里见变迁

在老周看来，文竹的花生饼就像一个步履蹒跚的婴儿，在跌跌撞撞中长大。

老周是土生土长的文竹人，退休前在本地文广站当过站长。在茶水的氤氲升腾中，在花生饼的香味飘荡里，对于本地特产花生饼，他绘声绘色地娓娓道来。

花生饼何时在文竹出现，目前无据可查。以前农村人家多贫穷，花生饼作为一种奢侈物，只有在富人家才看得到。根据文竹"周氏家谱"记载，一个叫周秋芳的文竹人，助推花生饼"飞入寻常百姓家"。作为解放前的知名商人，他把生意做到了湖南湘潭地区。两地奔波之间，他把湘潭的茶叶带回永新，把文竹的花生饼捎到湖南。物品在流动中提升了价值，也提高了知名度。而花生饼和茶叶的交融交汇，催生出了文竹的茶馆业。

所谓"一方水土养一方人"，果然不假。文竹地处湘赣两省三县交界处，与湖南的茶陵，江西的莲花、宁冈（现已并入井冈山市）相邻。交通的便利带来拥挤的人流，人流的往来促进了思想、

备好食材

拌好面糊放入模具

文化的碰撞与创新。就这样，文竹人有着与其他永新人不同的特点：善于经商，热爱生活，超前消费观念强，犹爱喝茶，做事聊天都要带上一杯茶水。他们常念叨："开水里有茶，喝起来有味，做事就有劲。"不过，茶水喝多了，容易饿。这时，花生饼之类的传统点心派上用场。一块香喷喷的花生饼下去,肚子踏实得很。

  文竹人每年消费的茶叶量不小,都是从外地运过来,成本高,一定程度上抑制了当地人的消费热情。20世纪60年代末,当地创办了白源茶场,隶属白源村办农场。1972年作为知青点共接纳两批知青——来自永新县非农业户口的初高中生。他们带来当时先进的知识和技术,为当地茶叶的种植和加工注入了新鲜力量。本地出产茶叶,大大降低了喝茶的成本,从而提高了当地人喝茶的热情。那时的小茶馆,像雨后春笋,一个个从街头小巷冒出来。村民从田间地头忙完回来,卷起的裤脚来不及放下,就迈进茶馆大门,热情的店家笑呵呵地端上一杯滚烫的茶水(陶瓷缸,开水免费续),盛上一碟花生饼。一口茶水下肚,一身的疲倦瞬间消失。年轻人抓起

炸花生饼

花生饼,"嘎嘣嘎嘣"狼吞虎咽的两三口便下了肚;上了年纪的则不慌不忙地捏起花生饼,轻轻一掰碎成数片,一小块一小块塞入嘴里,咔嚓咔嚓细嚼慢咽。一品一嚼之间,国家大事、生活琐事在茶馆里传播着。茶馆,成为乡村新闻发布会的现场,大大小小的事情在这里汇聚,又散布四方。时间,总是从容又缓慢地流逝。

等到逢圩时,茶馆越加热闹。文竹显著的区位优势带来商贸的兴隆。每到农历一、四、七日,临县的人们纷至沓来,采购当地鸭、鹅、米豆腐之类的土特产。附近龙田、高溪等地的村民卷起裤脚,也加入到这股庞大的赶集大潮中。寒冬腊月里,圩场往往要下午四点后才安静下来。拎着大包小包的人从圩场涌入茶馆,喝着清香的茶水,品着香脆的花生饼,天南地北闲聊。夕阳西下,又满脸笑意地走出茶馆,披一身暖阳,迈步回家。贸易的盛行,拉动了经济,也把文竹花生饼播撒到各地。

老周说,有个叫"老蒋"的高溪人做花生饼,他的吆喝最具特色。每逢开门,"花生饼子,毛钱两块,买一块送一块",悠长的吆喝声随风在狭长的文竹街上飘荡。那带着浓郁高溪乡腔调的声音,就像自带标识的打更声,"叮叮当当"地敲开一扇扇沉睡的门窗,唤醒一个个睡眼惺忪的人。文竹街,就这样从梦中苏醒,上演满是烟火气、满是鼎沸声的一天。晚饭后,茶馆便成为人气聚集的地方。忙碌一天的男男女女,就着一杯茶、一碟花生饼,或坐在小板凳上看电视,或围拢一圈"打野哇"(指聊天)。寒冬腊月里,老人喜欢抱着热气腾腾的茶水杯围着通红的炉火烤火，安静且温暖。文竹的茶馆，以及那香喷喷的花生饼，像一道亮光辐射开来，温暖着当地村民的生活。

　　社会在发展，生活方式也在改变。现在的茶馆里，喝茶的多为老人，且自带茶水杯，花两三元点上一碟花生饼，或照顾年幼的孙辈，或聊聊天、打打牌。老周感叹道："以前在茶馆喝茶，男女老少，欢声笑语，感觉身心愉悦。现在的茶馆，喝茶的少，打牌的多；年轻人少，老年人多。"

　　对于这种变化，本地人周七妹却很适应。七妹是小名，他认为，一个人，要学会适应时代的潮流，才能有所为。七妹上过高中，外出打过工。后来，发现花生饼里隐藏的商机，夫妻俩毅然回乡以制作、销售花生饼为主业。在宽敞明亮的作坊里，我看到完整的制作过程。发酵、搅拌好的面粉加入适量盐，放进白铁皮的模具，再撒上20余粒鲜花生。油温升至120度时，放入模具。霎时间，热油沸腾，面粉膨胀，乳白色悄然变为金黄。七妹系着围腰，不时观察饼的成色，偶尔深吸一口气，感受香味的浓度。等底面变硬，用长夹子翻转煎另一面。爱人在一旁有条不紊地把面粉、花生放入模具，传递过来，他迅速地放入锅内。夫妻俩一个眼神、一个动作，配合默契，很少说话，心有灵犀。一进一出之间，饼在模具里成熟，香气在油温里氤氲、升腾，覆满整条街。

　　回眸近二十年的创业历程，七妹的话语里既有一路坎坷的艰

花生饼

辛,也有成功的自豪。在他看来,好的制作技艺要传承,不好的要创新改进。他至今沿用白铁皮的模具,采用之前的方法发酵。但对于个别原料还是稍作调整:早稻米粉改为面粉(加入发酵粉),菜油(有时用棕榈油)改为调和油。他还使用先进的工具,如把柴火改为液化气,且采取温度计测温;把炒菜的锅改用大锅(一锅可出120~150块);把竹制的长筷子(长约40厘米)改为更易操作的铁夹子。场地也由狭小的厨房搬到宽敞明亮的地方,且装配抽油烟机。改进最大的还是销售方式,以前全凭吆喝,口耳相传,所谓"酒香不怕巷子深"。现在,夫妻俩开通了短视频平台账号，向全国人民推销。精美的包装通过发达的物流，把花生饼输送到全国各地。周七妹自豪地说："每天要产销150斤，约2500块。"道别时，他惋惜地说："以前文竹的男女，基本上都会煎花生饼。现在的年轻人，很少会了。"

在老周、七妹身上，我看到淳朴无华的文竹人，既有对优秀传统工艺的传承发扬，又有与时俱进的创新发展。不论怎样变化，文竹花生饼的质量始终不变。那种口感脆、入口香、咸淡相宜的感觉，承载着文竹人对美好生活的追求。对于他们而言，花生饼和茶水，就像是刻在骨子里的印迹，怎么也抹不去。不管是20世纪60年代花五分钱喝一通茶（指一杯茶反复添水，直至无味）、吃一块花生饼，还是现在的一块钱买一块花生饼（或者15元1斤），这种味道不变，这种温馨不变。

当一块香脆的花生饼，邂逅一杯清香的茶水，便起了化学反应，像肥沃的土壤、清新的空气一样，日久天长却依然鲜活地呈现在生活中，依然积淀着家乡的味道、时光的味道。它见证了文竹这个边贸重镇的发展，也见证了大时代的发展。

扫码看视频

消暑解渴"恰"凉粉

前段时间，在华南农大读研的儿子发来信息，说刚吃完广州的凉粉，感觉没有家乡的木瓜凉粉好吃。印象中，儿子不喜欢吃凉粉，爱吃冰淇淋来消暑解渴。想不到如今也想念家乡的凉粉。我理解他的心情——久居异乡，想家了！正如现在的我突然怀念母亲年轻时制作木瓜凉粉的时光。

凉粉的原料来自植物的果实——木瓜籽（学名"薜荔"）。这种藤蔓植物，喜欢攀附在大树或老屋的墙上，类似爬山虎，永新人称之为木瓜藤。夏季时节，藤上一颗颗青翠可人、椭圆状的果实——木瓜，焕发出夏天的勃勃生机。

年轻的母亲隆重出场，头戴草帽，手提竹筐，肩扛长棍，长棍的顶部绑牢镰刀。对准木瓜，一钩一拉，木瓜嘻哈着蹦跶下来。我和弟弟争抢着去捡。摘了二十来个后，母亲欢喜地说："回家做凉粉咯！"我不解地问："怎么不全摘掉啊？上面还有好多木瓜呢！"她微笑着嗔怪："傻孩子，别人家也要做凉粉呢。"

到家后,母亲剖开木瓜,粉白色、状如芝麻的籽惬意地泡在白色浆沫里。她用调羹小心翼翼地边撬边抠,手上粘满黏糊的浆沫。我和弟弟帮不上忙,一前一后地用蒲扇给母亲扇着风。木瓜籽洗净,盛在团箕里晾晒干后,做凉粉的好戏开始上演。多数在晚上,没有家务事的羁绊,母亲显得很平和。她在阴暗的角落放置木盆,里面盛有大半盆水——上好的深井水或清冽的山泉水。取一块布满细孔的干净白纱布,小心包裹好木瓜籽,使劲在手掌心挤压揉搓。随着脸上汗水的沁出,乳白的浆汁渗透纱布,淅淅沥沥地掉入清水中。此刻,母亲就是一个魔术师,用力揉搓使纱布变成一只布满黄点的小球——卖凉粉的人喜欢悬挂在木桶上,就像古时酒店门口高悬"太白遗风"的招牌——宣传这是木瓜籽做的纯天然凉粉。

薜荔

挤完浆汁，母亲顾不得擦汗，用一块干净的湿毛巾（或纱布）蒙在木盆上面，招呼我们轻手轻脚地离开，仿佛那里酣睡着一个甜蜜的婴儿。第二天早晨，睁开惺忪的双眼，我便看到一盆晶莹剔透的凉粉，如同冬日雪后的清晨起来，发现屋檐下倒挂着一根根冰凌的清新和惊喜。这是一种经过辛勤耕耘、时间酝酿后的收获，更是一种盼之已久、望之已渴的味道。全家人吮吸着凉粉，滑溜里夹带韧劲，酸甜中透着凉意。姐弟们用舌头舔着碗里残存的砂糖和醋水，甚至伸出舌头上下卷动舔着嘴唇，一副意犹未尽的样子。注视着孩子们的馋相，母亲满是汗水的脸上散发出温馨的慈爱。

或许在我简单的描述中，会让读者产生木瓜凉粉人人皆可做、个个皆可为的错觉。其实，制作木瓜凉粉有诸多讲究。如清水与木瓜籽的配比难以掌握，水配多了，凉粉如同海面上漂浮的冰块，稀拉拉的，一舀就散；水配得少，又好似浓稠的粥，产量少，口感也不好。做凉粉最关键的一环就是凝固，需要水质、环境（含温度、湿度）到位，这和酱制品类似，"出砂"环节中的微生物需要苛刻的条件。稍出纰漏，凉粉便化身为"犹抱琵琶半遮面"的歌女，架子大到"千呼万唤"不出来，令人顿生"竹篮打水一场空"的失落感。

母亲常说："凉粉好吃却难做。"看来纯天然好吃的东西，往往需要费时费力费心血。世间事，何尝不是这样的呢！回忆这段光阴，木瓜凉粉带给孩子的岂止是酸甜可口，更有一份浓浓的母爱！

孩提时，我天真地认为只有家乡才有凉粉。及至长大，读书多了才发现，凉粉不只是永新的特产。宋朝人孟元老在《东京梦华录》一文中，称在汴梁可以品尝到"细索凉粉"。据考证，这种凉粉的做法是将绿豆粉泡好搅成糊状，水烧至将开，加入白矾并倒入已备好的绿豆糊，放凉即成。这是一种白色透明、呈水晶状的东西。去的地方多了，我才知道，凉粉的制作技艺因地而异，口感也千差万别。比如用荞麦制成的凉粉柔软滑爽，用豌豆制作的凉粉晶莹透亮，还有用凉粉草、扁豆、粉面等制作的凉粉。记得以前出差，曾吃过重庆的凉粉，它以豌豆淀粉为原料，配以花椒粉、油辣子、芝麻油等，品相好，但是麻辣的口感让我难以下咽。

世间凉粉千千万，唯有家乡的木瓜凉粉让我难以忘怀。

又值夏日来临。永新县城大街小巷、林荫小道，总能见到一个个流动的小摊。主角是一群衣着整洁、头戴草帽的妇女，或肩挑木

桶，上面覆盖着毛巾；或推着板车，装着保温桶、小桌椅。一有合适之处，便见缝插针驻足停留，麻利地摆好桌椅碗碟，吆喝几声："永新凉粉！正宗的木瓜凉粉喽！"清脆的声音还在空中飘荡，男女老少便围拢过来。揭开桶盖，一阵沁人心脾的凉意瞬间驱散炎热，白色透明的果冻状凉粉犹如皑皑白雪，一大块冒着白气的冰块坐镇其中。围观者鼻尖翕动、眼神渴望，对木瓜凉粉这种消暑美食的馋相一览无遗。摊主舀出一碗堆得冒尖的凉粉，用一把透着绿意的竹刀飞速划上几道转瞬即逝的印痕，再添加几汤匙白砂糖和少许白醋，笑容满面地递给顾客。当砂糖遇见白醋，催生出酸酸甜甜的味道，配合凉粉的柔软滑嫩，凉意沁人，使炎炎夏日成为一道人与美食愉悦邂逅的热烈背景。

永新凉粉——木瓜凉粉，这一汲取天地精华的风味小吃，于2016年成功入选吉安市非物质文化遗产名录。

敲打完上面的文字，我揉搓疲倦的眼睛，望着窗外。夏天热烈的阳光正在舞蹈，对面的老屋静默着，斑驳的墙壁布满浓密的木瓜藤。空气中又传来熟悉的叫卖声："永新凉粉！正宗的木瓜凉粉喽！"我微笑着离开房间，满心欢喜地跑下楼去。

扫码看视频

一碗冬酒醉江南

初冬酿制冬酒是永新农村的一种风俗，如同端午吃粽子、中秋吃月饼一样，必不可少。那时，我在隔壁乡镇教书，总要在周末回来帮忙。

空气里还蔓延着深秋的温和，四野开阔无遗，正是农村休憩好时节。骑行路过一个个村庄，柴火蒸糯米的香气氤氲入鼻。我知道，酿制冬酒，已为永新这座赣西古县的冬天拉开温馨的帷幕，即将上演幸福醉人的剧目。

剧目里，父母是主角，我是配角。母亲把糯谷装进蛇皮袋，颗粒饱满，色泽金黄，映照着她那幸福的脸庞。父亲用板车把糯谷拉到几里开外的碾米房，拉回晶莹剔透的糯米。择阳光普照的日子，母亲从杂物间搬出一整套酿酒的家伙刷洗干净，竟然挤满整个庭院，又高又瘦的木饭甑，又矮又胖的木酒盆，淘洗米用的焯箕、长柄捞箕，土陶制的窄口坛、宽口坛。

糯米浸泡三天，剧目正式开演。父亲指挥母亲和我搬运柴火，扛抬木甑，烧火添水。母亲用焯箕把糯米装上甑，动作轻缓、均匀，如同雪花飘落的声响"簌簌"地在狭小的厨房里萦绕。我边烧火边聆听，感受那种膨松、Q弹的质感。甑端坐在锅里，接受火的洗礼。父亲撸起袖子，把汤圆般的酒曲捣碎，细细研磨，放入碗里，掺入少量井水和匀。

酒曲，在永新俗称酒药。酒药多来自永新南乡。当地人采集大叶蓼草、过心草、铁马鞭等对人体有益的草药，锤烂后放入坛中发酵，沤烂成水。拌入早稻籼米舂成的粉，揉搓成圆粒，在"娘粉"（指"酵母"，是把去年老的酒药碾成粉末）中滚动，形成酒药团子。摆放在摊开的稻草堆上，再盖上稻草捂着。一天后，团子变成一身茸毛的"蚕茧宝宝"，散发出醉人的酱香味。曝晒干后，用绳子捆好，悬挂在木廊柱下。风一吹，串串酒药随风晃动，相互撞击，风铃一般发出脆脆的声响……

时间在火焰里升腾。凭着对火候的观察、时间的掌控、香味的品鉴，父亲判断第一甑糯米已熟透，吩咐我熄火。揭开锅盖，糯米饭的清香塞满老屋，固执地穿透缝隙对外宣泄、炫耀，引来几个眼馋的邻家小孩。母亲盛出第一碗糯米饭，压实、堆满，虔诚地供在神龛上，净手、作揖，脸色凝重，犹如举行一场虔诚而圣洁的法事。又盛一碗倒在干净的纱布里，趁热反复揉搓，直至变成一个滚圆的球状，打开后黏性十足。用发红的双手分成数份，每人一份，孩子边吃边欢呼雀跃地跑出去。我细细咀嚼清香的糯米团，感受Q

糯谷　蒸糯米

糯米饭　冬酒

弹与韧性在口腔里活力四射地跳动。这是一种无法言说的愉悦。

父亲正与时间赛跑，无暇品尝。他在酒盆上架设两根木条，使劲把沉重的甑搁在上面。净手后，给热气腾腾的糯米饭浇灌上清冽的井水。一瓢下去，水从甑下的缝隙里渗透出来，夹带着腾腾的热气。几桶井水下去，糯米饭凉透，倒入酒盆，撒入调制好的酒曲，双手上下飞舞着搅拌，直至糯米饭充分吸收。最后，细心地把糯米饭捋成平面，中心处压出一个小洼（是方便出酒的"井"）后盖上木盖，放置在阴暗的角落，上下包裹金黄的干稻草。看似简单的程序，每步都费时费力，一上午只能完成两三甑。年幼时，我总在旁边认真观看，全身鼓着劲，跃跃欲试。父亲抬起头，微笑着说：

"伢崽,你还小,长大后再来帮爸爸。"如今我已长大,三个姐姐已经出嫁,弟弟也外出务工,父母正渐渐老去。念及此事,心中忧伤陡然而生,如同旺盛的柴火。橙红的火舌顺着风势左右摇摆,舔舐着乌黑的锅底,像无数精灵在舞蹈、升腾。我胡思乱想起来:糯米是否吸取柴火的精华才变为醇香的美酒,恰似祖祖辈辈的薪火相传、生生不息?

2000年腊月,我结婚,酒席在村里置办。三天里,我陪着亲朋好友快乐地喝酒、聊天。借着酒劲,大爷爷爽朗地笑着说:"冬酒是好东西,做事累了,喝一碗就能长出劲来。"二爷爷大声说:"咱们老祖宗就是聪明,为什么叫作'酒'啊?因为要经过九天的发酵才能出酒。"身为教师的父亲若有所思地说:"凡事多思考,就像冬酒发酵一样,然后再去实施,肯定能做好。"敲下这些文字的时候,大爷爷、二爷爷早已过世,他们的话语与那时的酒香却依然

萦绕脑海，久久停留，挥之不去。

于是，每年腊月陪伴父母酿制冬酒，成为我持之以恒的习惯。我可以像父亲一样，熟练地操作酿酒的每一道程序，也热切地期待出酒那一刻。等待中，我满怀热切的希望和焦灼的煎熬，鼻息间隐约闻到淡淡的幽香，顿觉口舌生津，竟有微醺之感。

九天后，我小心翼翼地掀开稻草，揭开木盖。霎时，一股浓郁的酒香扑鼻而来。酒盆中间的小坑盈满一洼牛奶白的酒。母亲搬来榨酒器，用勺子把湿润黏稠的酒和糯米饭一起舀入，转动转轴，酒水如同溪水潺潺汇入酒盆。这时的酒甘甜如蜜，唤之"新酒"，大人小孩皆可饮用。新酒兑入一定比例的井水，倒入窄口的酒坛，用金黄的梧桐叶盖严、扎紧，和一把湿泥封口。待整个冬天慢慢沉淀，收获酵存的希望，来年开春悄然质变为冬酒。

每逢父亲喝酒，我揭开发黄的叶片，把扑鼻的醇香和虔诚的孝心端上。借着酒劲，父亲打开话匣子，说："新酒最适合全家人共享，那是一种甜蜜、幸福的味道；陈年的冬酒适合与知心朋友把酒言欢，那是一种涩中带甜、回味无穷的味道，能经受风风雨雨的洗礼。"端起碗深喝一口后，脸色酡红的父亲越发兴奋。古时江南一带酿酒颇有说法，但凡谁家女儿出生，当年都要酿一坛好酒（不能兑水）埋入土中窖藏，待成年择得如意郎君出嫁时取出饮用，美其名曰"女儿红"；若女儿不幸夭折，取出的酒叫作"花雕"，寓意鲜花凋谢。一碗浅浅的酒，竟然包含深邃的世事沧桑、人生无常。姐弟认真地聆听，任由冬阳暖暖地包裹全身。冬酒独有的清香氤氲、升腾，醉了时间，醉了天地……

"浊酒一杯家万里。"永新冬酒，应该属于此类。通黄带浊的色泽，缺乏清澈见底的亮度；身份卑微，登不上大雅之堂；喜爱者，多为普通百姓。我愿意把它列入永新风味，不仅仅在于它那地道的酿造方法，还有它那适合永新人味蕾的独有味道。这种味道能进入记忆的最深处，长久地停留，直到多年后的某个时段，借助酒劲推开尘封的大门，贮藏已久的记忆都会唤醒，蜂拥而出、扑面而来，让你瞬间热泪盈眶。

前几天，堂弟兵兵回来"挂清明"（指清明节祭扫），返回深圳时特意带去一坛冬酒。他说："累了一天，喝上一碗，可以呼呼一觉到天亮。"永新冬酒，岂止浓缩了时间，还凝聚着乡愁。它承载了永新人童年的回忆，以及对家乡的牵挂。

扫码看视频

山里人的醋姜

永新古称楚尾吴头，地处罗霄山脉脚下，山区湿气重。因特殊的地理环境，从古至今，永新人爱吃辣椒，也爱吃姜。酱姜一骑绝尘，为地方小吃一绝。永新人擅长做酱姜，做醋姜、盐姜等也很拿手。醋姜可祛寒、祛湿、暖胃、加速血液循环等。

永新人把醋姜当小吃，早上起来吃一大把，闲了无事吃一大把，来了客人装一碟。

吃醋姜好在哪里？李时珍在《本草纲目》中记录了姜的功效："姜，辛而不劳，可蔬，可和，可果，可药。"春秋时，孔子有一年四季不离姜的习惯。南宋朱熹在《论语集注》中说："姜能通神明，去秽恶，帮不撤。"姜这么神奇，中华儿女都爱吃。永新人民更会吃，把醋姜纳入家常便饭的小吃里，融入日常生活中。

醋姜做法极为简单，子姜洗干净，刮皮，放置瓶中加醋和冰糖浸泡，充分展示食材的灵性和动感。等过了一定的时候，随吃随取，酸甜脆爽。醋姜选材很重要，要选子姜。当年刚出土的嫩姜叫子姜。子姜做出的醋姜酸脆可口。老姜丝多且沉，缺少那种嫩脆感，口感偏柴。

旧时做醋姜有季节限制，不像现在一年四季随时可以做一瓶。姜的根茎肥厚，芳香且辛辣。子姜一般在8月初即开始采收。永新人习惯在这个时候做酱姜、醋姜和盐姜。

醋姜还有一种做法——胡萝卜醋姜。胡萝卜和姜分别切成薄片，混合在一起用醋浸泡。胡萝卜性偏凉，姜的脾性辛温，多吃容易上火，二者恰好互补。胡萝卜的甜度稀释醋的酸和姜的辣，姜的辣和醋的酸又中和胡萝卜的甜度。二者携手涅槃，相互深入对方的灵魂，红配黄，色泽美得沉郁祥和，无端生出一种相濡以沫的民间喜庆。这样浸泡出的胡萝卜醋姜，酸辣适度，沁甜可口，汁液淋漓，脆脆生津，滋味天成，老少皆喜。俗话说"冬吃萝卜夏吃姜"。胡萝卜醋姜适合一年四季食用，是一道特色小吃，有保健功效，可谓药食同源。

做醋姜，首先得去姜皮。这个过程烦琐辛苦。将姜身的泥沙淘洗干净，然后把它们浸泡在一个大盆里，用刀片刮姜皮。很多人家不是买几斤姜，而是至少买十几斤甚至几十斤。大部分做成酱姜，剩下的做醋姜。酱姜的地位比醋姜要高，家有儿女婚娶，那户人家必定要做大量酱姜，留作回赠亲戚的"纸包"礼品。永新嫁女儿，新娘要带很多"碗茶"嫁过去，用来招待参加婚礼的亲朋好友。其中，酱姜是新婚点心之首选。醋姜是春节老少皆喜的开胃小吃，春

子姜 　　　　　　　　　　胡萝卜去皮 　　　　　　　　　冰糖

节吃多了油腻食物，醋姜是消食健脾之物的首选。

无论是酱姜，还是醋姜，母亲每年都要做许多，子姜一买就是一大筐。每次帮母亲刮姜皮，在姜水里浸泡太久，手指会辣得通红，有热辣辣的灼烧感。到最后，辣得人想丢掉刀片暴跳逃走。当然，只是想想而已，不敢真的丢下刀片走人。那时父亲在外工作，家中有病弱的爷爷奶奶，还有三个孩子，母亲一人挑起全家重担，看着势单力薄的母亲孤军奋战在繁重的农事和家务里实在于心不忍。

每到做姜的季节，大街小巷，各个村庄，到处弥漫着高低起伏的浓郁姜香。几乎家家户户的晒台和围墙上，都是琳琅满目的各式团箕和姜钵。生姜、熟姜、酱姜，各种香气混合在一起，振奋人心，吸引着孩童积极参与刮姜皮这项热火朝天的伟大事业中去。可以说，在永新，没有刮过姜皮的童年，不足以论完美。我的童年，就是在每年八月热热闹闹地刮姜皮中流逝的。

那时烈日炎炎，蝉鸣如雷，蚊子苍蝇也凑热闹。看着母亲将一片片切得均匀的姜片倒进醋坛里，放入白砂糖或蜂蜜，口水从加盖密封的那一刻开始长流，一直流到醋姜大功告成。揭开盖子，迫不及待吃一片，味蕾瞬间开出花来，咯吱咯吱下肚。舌尖上流淌着醋的酸，姜的辣，糖的甜，三种味道混合着，发酵着，最终给予舌尖最爽口的口感，真真好吃极了！时光荏苒，慢慢发酵，那沁爽的酸甜，至今记忆犹新。醋姜的美味，对于不怕辣的永新人来说，是上等佳肴。那甜脆的口感，怎一个"爽"字了得！

永新有句俗语"吃醋姜，保安康"。山区潮湿寒气重，梅雨季也长，沉闷黏稠。早上起床后吃几片醋姜，浑身爽利舒畅。据

胡萝卜醋姜

说，醋姜能保持脾胃功能正常。而脾胃功能正常，很多问题也都迎刃而解，女性吃姜还能抗衰老。醋姜是永新人必不可少的小吃。

食物的命运，和世间事一样，有其兴盛衰微，而醋姜永不退场，它早已融入永新人的日常生活，根深蒂固，代代相传。特色小吃是当地美食文化的载体，通过舌尖体验和领略当地风土人情，亦是一种亲切的融入。醋姜的颜色清新悦目，那娇嫩的淡黄，接近白，接近黄，介乎两者之间，鲜妍，美好，亦是这般沉郁祥和，浑然清嫩。这种最能过滤喧闹与燥热的颜色，令人食欲大开，神清气爽。宴请客人时，先来几碟醋姜开开胃，舌尖上流淌着醋的酸，姜的辣，糖的甜，外脆里嫩，多汁细腻，酸甜可口。那味道一齐涌入肺腑，好满足啊！热辣辣激荡着味蕾，是醋姜独特的上佳口感！

扫码看视频

旧时碗茶兰花根

在永新,每逢年关,家家户户会赶着手工自制年货。年货在永新方言里为"wancha",我没有去查过相关书籍,且认为是"碗茶"一词。乡民们辛苦一年,每至年关,会挑个好日子虔诚郑重地净手做"碗茶"。

儿时记忆里,每逢春节前,母亲会做兰花根、刨玉、玉兰片和煎豆等"碗茶"。其中,兰花根的数量最多,要做上好几坛。兰花根主要食料为糯米或面粉,最多加些葱花和糖,再无其他添加剂,简简单单,清清爽爽。相对玉兰片而言,兰花根的操作要简单些。

将糯米浸泡在一个木桶里,然后将泡发好的糯米沥干水,倒入一个深石臼里捣成粉。有石磨的人家,可以直接将其磨成粉,没有石磨的人家就用蛮力在石臼里用木槌反复捶打。糯米倒入前,得先在石盘底抹些油,防止捣碎糯米时沾底。然后开始用大锤使劲将糯米捣碎,反复捣,一下一下,直至汗流浃背,直至糯米捣成稀巴烂,烂成一团黏糊糊的软泥,胶黏韧弹。将糯米团取出,再抹些薄

兰花根

薄的油，搁置在洗干净的大团箕上面。抹油的作用当然还是为了防止沾黏。用刀将Q弹的糯米团切成匀称的长条状，再用擀面杖或酒瓶将长条擀得宽扁均匀。

我们家没有擀面杖，每次做"碗茶"时，母亲会找出好多旧酒瓶，一一洗干净，用来擀兰花根面团。将擀好的条状面团一条一条整齐摆开，然后用剪刀将它们剪成大小均匀的一小段，或用刀切成一根一根的。做兰花根那天，全家人一起参与，擀皮子的，切剪的，烧火热油的，热火朝天，一屋子热烘烘的。想要让兰花根好看又好吃，可以在食材里加葱、芝麻、红糖或白糖，一起捣碎，剪切时尽可能均匀。

将剪切好的兰花根放在团箕里。下锅热油，准备开煎。灶膛

糯米粉	加水揉粉
糯米糊	将糯米团擀得宽扁均匀
切成长条状	炸兰花根

里架着长长的干木柴，火烧得通旺通旺。一会儿，热油沸腾，发出滋滋的声响，阵阵香气随之而来。无数根黄澄澄的小身段从油锅里奋不顾身地钻出来，不断往上涌，交错跌撞着，碰击着，香气冲破瓦背缝隙，袭击每一户邻居家的味蕾和鼻息，势不可挡。待受热均衡，炸到恰到好处时，大小匀称的兰花根一根根从油锅里翘起来，整整齐齐，薄薄的澄黄或银白，晶莹剔透，宛若美人的兰花指。兰花根形如兰花的根茎，或白或微黄，多圆形，偶方状，粗则直，细略弯，长约三四厘米。加了白糖的兰花根色泽银白，晶莹剔透；掺了红糖的兰花根则橙黄，颜色偏暗沉。兰花根与中华国粹戏剧表演的兰花指颇有渊源。

在油锅里翻腾的兰花根，从糙米粗磨，谦卑低调，一路翻滚逆袭，在热油里大开大合，经典且霸气。天寒地冻，整个屋子却被热气腾腾、香气四溢的年味霸占，经久不息，年的味道，年的气氛，在一屋子煎炸里燃爆。手工做兰花根，这是村民们对过年的一种热烈的表达，亦是一种气象。刚炸好的兰花根松脆紧致，口感丰富。谷物的清香鲜明清爽，轻盈酥脆。"碗茶"做好后装进坛子里密封储存，这样不容易受潮，油炸的东西一旦受潮，就不香脆了，食之无味。母亲炸的兰花根脆而不碎，油而不腻，香甜味美，厚薄适度，色泽盈盈，是记忆里最好吃的"碗茶"。兰花根越嚼越有味，到末尾，粉末俱无，落入胃肠，香气犹存。

兰花根要多做些，既可待客，又可下酒，哪怕春节过去很久，从储存"碗茶"的坛子里掏出剩余的几根，也是回味无穷。很多个暮色沉沉的日子里，乌鸦在屋外苍老的李树枝丫间发出喑哑叫声，风刮过陈旧的瓦背和斑驳墙壁，桌上菜盘早已被我们"洗劫"一空，所剩无几。祖父一个人还在喝酒，菜没了，但不妨碍他劳累后品啜小酒的悠然闲情。老人家常常自坛子里摸出几根兰花根装在小碟子里，呷一口水酒，搛一根兰花根送进嘴里，反复咀嚼，有滋有味送酒。酒喝完了，倒点残汁拌饭，也算酒足饭饱。

永新包"纸包"赠新嫁娘，兰花根是必备"纸包"赠品。兰花根和玉兰片等"碗茶"相敬如宾，相濡以沫，安贫乐道。它们彼此独立，又相互依存，长时间成为旧时穷乡僻壤的永新人必不可少的年货点心，化为千般滋味，让生活拮据的乡人获得温饱的味蕾和精神的富足。

经年后，所有的旧时年货里，最怀念兰花根独特的松脆可口，那是独属于永新人的年货味道。英雄不问出处，美味不论尊卑。儿时不知兰花根之精髓美味，回过头去看那段亲手做"碗茶"的岁月，才知道，有些食物，其貌不扬，出身平凡，却终会等来绚烂时刻，经典不朽。岁月流逝，舌尖尝过无数美食点心，每至年关，心心念念的还是那手工兰花根。可惜如今很少有人会在春节前费心费力去做这种手工小吃。街市上有不少店铺卖兰花根，但基本上都是机器加工的。手工的食物，最接近天然，是机器替代不了的。中国几千年的农耕时代日渐被工业化的机器时代所代替，现代人的点心五花八门，昂贵的，奢侈的，比比皆是。进口的巧克力、车厘子、榴梿等高端零食极其丰富多样，可是我们这些童年放过牛、吃过野菜野果的胃，仍然属于那个缓慢的时代，留恋那些纯手工谷物美食。

兰花根、玉兰片、煎豆等"碗茶"，在年货的清单里，渐行渐远……

烹牛熟熬牛膏

小时候,生产队宰牛,一户人家平均下来,分得牛肉不过两三斤。但令大人小孩最兴奋的不是分到的这点肉,而是烹牛熟(永新人称熟牛碎肉为牛熟)。

牛的头、尾、四蹄、肋骨上剔不尽的肉,是最好吃的,但要吃到嘴,却得费一番手脚。烹,是最妙的手段。

烹牛熟,就在祠堂的公共灶房内。烹,即用一个酿米酒的酒盆,把盆底板敲去,倒扣在注了一半清水的大铁锅内。把洗刮干净的牛头置于酒盆中间,然后如烧木炭装窑柴一般,把四个牛脚、蹄子、背脊骨、肋巴骨依次填充到牛头的四周。装好后,盖上锅盖,密缝加压。一切就绪,剩下烧火的事就交给老人小孩了。

烧火要烧一整夜。火候不到,牛骨头上的肉撕不下来,不但可惜,而且给后面熬牛膏的时候增添麻烦。所以烧火重任一般由老年人负责。老年人瞌睡少,办事稳重,能让灶中火彻夜不熄,还得不时往锅中添注清水。

烹牛熟

撕去肉的牛骨

　　小孩子的兴奋劲虽可以赛过大年三十的守岁，但是瞌睡来了也无法抵挡。熬到夜里九十点，一个个呵欠连天，揉着涩得张不开的眼睛，望了又望那开始冒白气的大酒盆，恋恋不舍地回家睡觉去了。他们心中，向往的是明天早上那一餐牛熟盛宴！

　　天蒙蒙亮，各家瓦缝里还未冒出早炊的青烟。刚睡醒的村民的鼻孔里为一股若有若无的肉香弥漫着。精明一点的孩子早就蹦下床，直往祠堂奔去。贪睡的孩子也被父母叫醒，等他带着睡意踩着地上铜钱厚的白霜赶到祠堂灶房时，那里早已是一片人欢狗叫的热闹场面了。

　　灶膛中明火已灭，红红的炭烬被铲出到三五个炭盆中，宽大的灶房中温暖如春。牛头牛脚牛肋骨已从锅中取出，分装在几个酒盆中，老人小孩十来个一群，围着一个冒出白气、肉香浓郁的酒盆，正把那已烹得烂熟的骨上筋肉用手撕扯下来，大的放到旁边的瓷脸盆中，小的则往嘴里塞。一个个吃得油水汪汪，笑得合不拢嘴。

牛骨头上的肉在长达十余个小时的猛火烹煮后，轻轻一撕，即成为软糯熟烂的碎块，筋中连肉，肉中有筋，晶莹透亮，拈在手里冒着丝丝热气，带着百草芳华的馥郁肉香直沁肺腑。尤其是牛的四蹄之肉，厚而韧，肥而不腻，带皮连筋，去骨剥下，恨不得一口吞下肚去。但在众目睽睽之下，只好万分不舍地把它放入瓷脸盆中。心中还存有一丝希望：等下按户分牛熟的时候，如果能分到这个牛蹄肉，该多美呀！

牛肉两三斤，一般用盐腌制后晒成牛肉干，用于正月招待贵客。能当即享用的是牛骨汤、牛骨和牛熟。三种食物平均分到各户，虽各有遗憾，但总的来说皆大欢喜。个个欢天喜地地领回家去，喝牛骨汤，啃尚存丝丝筋肉的牛骨头，是老人小孩的专利。牛熟呢，则用蒜苗、干辣椒回锅炒一炒，成为全家人共享的美味——搛一筷入嘴，筋肉连蒜苗同嚼，混合着干辣椒的焦香，又嫩又韧，加之蒜香肉香辣椒香，简直有说不出来的无上妙味。佐酒下饭，无出其右者。

养了十年以上的土黄牛，富含骨髓，熬之可得牛膏。牛膏乃温补之物，最为难得。生产队宰牛，牛骨头最终落入各家各户，要再

牛膏

收集起来熬牛膏,已不可能。单干之后,各家自养的牛,宰了之后就会把骨头用来熬牛膏。

大约二十年前,父亲不再种田,为我家辛勤耕耘了十五年的老黄牛也最终成了餐桌美味。烹完牛熟,父亲就开始熬牛膏,我打下手。事情过去这么久,具体细节已记不全,于是翻箱倒柜找出当年的日记,上面即兴记下的文字,大致清楚地记录了熬牛膏的全过程:

"熬牛膏须备好如下器具:大铁桶三个,漏勺、铁网漏箕、棕网、纱布。先在大锅内架好牛骨(头骨不能用),加开水,扣酒盆密缝后改中火烹煮。每半小时注入一热水瓶开水。人不能离开灶火门，须观察火候，不能大不能小；又须观察锅中水量，不能多不能少。柴火以油茶、棘楠等硬质山柴为上选，半干半湿更好，有利于控制火候，耐烧。第一锅汤最重要，须熬煮一天一夜二十四小时。从正月十三日下午三时熬煮到十四日下午起锅，一去酒盆，浓香扑鼻，汤色浓郁，呈咖啡色。以大铁桶盛过滤器具，一共三层过滤。一层棕网，二层纱布，三层网篮，务使骨末细屑不入汤内。我操作时，父亲在掌握火候、架叠牛骨、注水等程序上一再交代细节。到了出锅过滤时更亲自操作，以防差错。第一道汤得以顺利入桶，约二十来斤；第二道汤自十四日下午煮至十五日早上八点，得汤十余斤；第三道汤自上午九时熬至下午四时，得汤八九斤。三汤熬过，原本敲之得金属声的牛骨大棒，已酥烂得一捏即碎。骨内髓状胶质俱融入四十余斤浓汤内。撤去一应器具，洗净铁锅，倾入浓汤，大火烧沸，水尽蒸发，锅底留下半稀黑色牛膏，尚在冒着大气泡。撒入准备好的核桃仁、枣肉、碎冰糖、枸杞，搅匀，盛入阔口大碗，冷却后成型切块，可零食，也可泡酒。其味浓烈而带牛的异香，女人食之可补气活血。"

这段记述写于二十年前，几乎忘了。今天翻出，照录于此。

扫码看视频

三湾老酒

在著名的"三湾改编"的发生地江西省永新县三湾乡，有一种堪比玉液琼浆的美味老酒——三湾老酒。

三湾老酒，是江西省传统名酒，历史悠久，工艺独特，酒香浓郁，醇厚绵甜，是一种集营养与保健于一体的低度酒，千百年来备受百姓们的青睐，现在国内外正呈旺销之势。

三湾旧称小江山，原名汗江公社，是永新县域最大，而人口最少的一个乡，以客家人为主。其居民的先祖多为客家移民，是故三湾境内有两种方言并存，即客家话和永新土话。

三湾几乎家家户户都会酿老酒，三湾老酒的主要原料为本地产的优质糯米。每年入冬前后，是酿造老酒的黄金时节。酿造老酒是一项既神秘又庄重的技艺，有一套流传了千百年的避讳和仪式：蒸酒前，主人须沐浴净身、忌食狗肉等五大荤，而最大的忌讳则是丧事。若此时同村人家在办丧事，则须房前屋后燃烧檀香或柏木驱邪。如果不得已要去丧家，回家时也须以香烟薰身，沐浴换衣。虽然如此，此人也始终不得进入酒房，这在乡间称为"讳"（永新方言音 yu）。开蒸的第一天，还须在灶君前焚香献胙，仪式虽简短却庄重。此后每一道制作工序必须清洁卫生，丝毫不得马虎。

三湾老酒的制作流程是：先将泡好的糯米洗净后置入木甄中，经旺火蒸熟成糯饭；放凉后，冷水浇冲，并加入酒曲搅匀，复置入木质酒盆（或酒坛）中发酵；约半月后，糯米饭经发酵榨出"酒娘"（兑水后则成为水酒），加入某种原料勾兑成的一款既非白酒，又不同于"酒娘"的佳酿，它就是老酒。老酒的酒精含量不高不低，比冬酒稍浓，比白酒甘醇。它不温不火，略带甘甜，后劲却大。

旧时，三湾老酒本无名，只是极其普通的民间老酒。中华人民共和国成立后之所以被冠以"三湾"二字，与毛泽东、朱德有关。

1927年9月29日，一支神秘而疲惫的部队突然出现在永新县西南部最偏僻的小山村——三湾村。这是一支由共产党领导的革命武装。秋收起义受挫后，毛泽东率领部队来到了这里。针对队伍中出现的颓废情绪，毛泽东在这里对部队进行了改编，并做出了"支部建在连上"的伟大决策。

其时，队伍中有不少伤病员，囿于当时的医疗条件，别说药材，连可替代作消毒用的食盐也十分欠缺。面对伤员们日渐溃烂的伤口，除了敷上一点草药，卫生员实在拿不出什么好办法来。正在这时，三湾村一位钟姓的老表捧来一坛老酒，要卫生员用老酒为伤病员清洗伤口。卫生员欣喜异常，赶紧照办。果然，第二天伤员们伤口的愈合情况好多了，到第三天，伤员们伤口的红肿基本消失了，还慢慢地感觉到有些痒痒的，这代表伤口在愈合。

毛泽东听到这条消息后十分高兴，便来到钟老表家。钟老表听说毛委员要看他的老酒，立即从酒坛内舀出一大碗，双手捧给毛委员，说道："这老酒不仅好喝，还能消炎解毒。我们山里人没其他爱好，劳累一天，吃饭前喝上两口，那真是神仙过的日子。不信，你尝口试试。"毛委员虽不善饮，但盛情难却，接过酒碗抿了一口，连声赞道："好酒！好酒！又甜又醇，馥香诱人。水好才能做出好酒，看来这里的水，不一般哟！"说完，毛委员禁不住又抿了一口，赞道："老表，你这酒不仅好喝，还救了我们红军战士的命啰！"

部队要开拔了，好客的三湾老表们通过几天的接触，深感这支军队是老百姓的子弟兵，为表诚意，给毛委员送上两坛老酒。毛委员深受感动，但坚守红军"不拿群众一个红薯"的纪律，无论老表怎么推脱，还是付了4块银圆。这天，毛委员将这两坛老酒，外加一百条枪，派专人送给了袁文才。亲朋好友间送酒，是永新、宁冈两县民间最高礼仪，而三湾老酒名声在外，恰逢其时。10月3日，改编后的队伍在毛委员的率领下，浩浩荡荡地向井冈山进发，开创了中国革命的新纪元。

1958年，永新县在城东盛家坪成立了第一家国营酿酒厂。起

十五年陈酿
三湾老酒
江西省永新县红三湾酒厂

三湾老酒

三湾老酒

三湾老酒

三湾老酒

传统名酒
陈年
三湾老酒
传统名酒

励志重走红军路
三湾老酒伴您行
三湾老酒
江西省永新县特产经营部

初，只生产黄酒和白酒，1962年，增加了一套老酒生产设备，并从汗江公社请来酿酒师，当年就生产出老酒5000多斤。面对黄澄澄、香喷喷的老酒，厂长却犯难了：酒好，得有一个好名字才能与之相匹配。为了集思广益，厂长在厂务会议上提出了这个问题。有人提议叫"永新老酒"，也有人提议叫"汗江老酒"。这时，一位负责宣传的年轻人说："毛主席当年在三湾领导了'三湾改编'，不如叫'三湾老酒'。"年轻人的话，获得了大多数与会者的赞同，遂报请县领导批准。

1962年3月，朱德偕同夫人康克清从井冈山来到永新视察，住在县招待所。当时，朱委员长已是76岁高龄了，但他身体非常健壮，神采奕奕，也风趣随和。他生活简朴，用晚餐时，仅选了泥鳅和豆腐等几样小菜。当问到要喝点什么时，委员长说："永新不是有老酒吗？苏区时我喝过，那味道至今没忘。"很快，服务员就拿来了老酒。委员长第一口就喝了小半杯，兴奋地说："几十年没喝这种老酒了，还是这样香，还是这样醇甜！"接着，委员长详细询问了永新酒厂的生产状况，当他听说如今的酒厂已实现年产近1000吨的生产能力，又增加了啤酒、五加皮酒、白兰地酒和黄酒等生产工艺，禁不住连声说好，并鼓励县领导，要抓当地特色产业的生产和销售，改善老区人民的生活水平。这时，有人告诉委员长，这款老酒正打算取名为"三湾老酒"，委员长又连声说："好！好！三湾改编意义重大，值得纪念！"

听了委员长的这番话，永新酒厂遂将永新老酒正式冠名为"三湾老酒"，并注册了商标。

三湾老酒是永新特色产业中一张闪亮的名片，也是在外的永新游子们心中永远挥不去的记忆和乡愁。也许没有人记得从哪一年起，只要来永新的客人一上桌，首先想到的必定是三湾老酒，它足足撑起了永新酿酒业的半边天。

三湾老酒虽比不上名酒的阔气排场，但味道纯正，物美价廉，货真价实，是地地道道的家乡味、家乡情。

改制后的永新酒厂虽不复存在，但三湾老酒的牌子还在，酒厂也还在。只是，它们已由国营转为民营。如今的三湾老酒仍然是市场上的抢手货，更可喜的是，近年在三湾乡，由高车坳畲族村开办的"三湾畲家酒"，就是将原三湾老酒的生产工艺，加上畲族独有的配方生产出来的。由于三湾的水质、气温和湿度等得天独厚的自然条件，这款酒比原三湾老酒更加醇厚，更受百姓的青睐。

时代变了，三湾老酒也与时俱进，不断地完善和改进，使之更适合现代人的口味，像无数知名国酒一样，越老越醇厚，越老越回味无穷。

扫码看视频